Konstantin Richter · Die Kanzlerin

KONSTANTIN RICHTER

Die Kanzlerin

Eine Fiktion

KEIN & ABER

Für meine Töchter

Dies ist ein Roman und damit Fiktion
und keine Dokumentation tatsächlicher Geschehnisse.
Das Buch erhebt also in keiner Weise den Anspruch,
die geschilderten Vorgänge könnten wahr sein
und sich so zugetragen haben.

Covergestaltung: Tom Ising für HERBURG WEILAND, München
Satz: Fotosatz Amann, Memmingen
Druck und Bindung: CPI – Ebner & Spiegel, Ulm
ISBN 978-3-0369-5755-5
Auch als eBook erhältlich

www.keinundaber.ch

Die Kanzlerin hatte sich vorgenommen, die ruhigeren Passagen von *Tristan und Isolde* zu nutzen, um über ein paar Dinge nachzudenken. Im Ersten Aufzug wollte sie das Griechenland-Hilfspaket behandeln. Im Zweiten Aufzug würde sie sich den hohen Asylbewerberzahlen widmen. Und im Dritten Aufzug hätte sie vor dem Liebestod bestimmt noch ein paar Minuten, um ein weiteres Mal die Minsker Vereinbarung durchzugehen, die den Frieden in der Ostukraine sichern sollte.

Zuhören wollte die Kanzlerin auch ein bisschen. Sie mochte klassische Musik, besonders Opern. So stand es zumindest auf ihrer Homepage. Nur hatte sie *Tristan und Isolde* schon oft gesehen. Sie war mit Handlung und Rezeptionsgeschichte hinreichend vertraut. Außerdem hatte sie die Mappe gelesen, die ihre Mitarbeiter zusammengestellt hatten. Etwaige Fachfragen, mit denen ja immer zu rechnen war, würde sie mühelos beantworten. Kurz: Sie konnte es sich leisten, einen Teil der Zeit, die ihr in *Tristan und Isolde* zur Verfügung stand, für die Arbeit abzuzweigen.

Die Kanzlerin fand ihren Platz in der Mittelloge des Bayreuther Festspielhauses. Da, wo vor mehr als hundert Jahren auch der König von Bayern gesessen hatte. Ihr Ehemann, auf dem Stuhl rechts neben ihr, fragte, ob sie das Telefon angelassen habe. Sie griff in die Handtasche. Selten, fast nie hatte sie das Telefon mehrere Stunden lang ausgeschaltet, bloß hier, in Bayreuth, wo ihr Mann darauf bestand, dass sie auch während der Pausen keine Textnachrichten schrieb. Was in Ordnung ging. Einmal im Jahr. Im Hochsommer.

Die Kanzlerin presste den Po gegen die Lehne des Stuhls, um aufrecht zu sitzen, wenn das Vorspiel begann. Ihr Kleid spannte. Sie hatte sich für ein zweiteiliges Ensemble entschieden, knöchellang, himmelblau. Die für diese Dinge zuständige Beraterin hatte ihr zu Blau geraten, weil im Vorfeld zu hören war, dass Tristan und Isolde ebenfalls Blau tragen würden. Doch das Kleid saß schon ein bisschen eng. Und es war heiß im Festspielhaus. Sehr heiß. Die Kanzlerin hatte in der Mappe gelesen, dass die Festspielleitung eine Firma beauftragt hatte, Messungen durchzuführen. Angeblich betrugen die Temperaturen im Zuschauerraum bis zu 30 Grad. Mit der Hand fächelte sich die Kanzlerin Luft zu. Sie fühlte sich schwach an diesem Spätnachmittag. Es ging ihr nicht gut, rein physisch. (Aber sie hätte auch nicht gewollt, dass man ihr zuliebe Umstände machte, die anderen Opernfreunde ertrugen die Hitze ja auch.)

Hinzu kam, dass die Kanzlerin soeben, auf dem Weg ins Festspielhaus, dem bayerischen Ministerpräsidenten begegnet war. Es verspreche nun wirklich eine spannende Aufführung zu werden, hatte sie unnötigerweise gesagt, und da der bayerische Ministerpräsident gefragt hatte: »Wieso spannend?«, war sie ins Detail gegangen, obwohl sie doch wusste, dass der bayerische Ministerpräsident empfindlich war und es hasste, wenn sie sich besser informiert zeigte als er. Dass die Sopranistin auf Weisung des Dirigenten ausgetauscht worden sei, hatte sie gesagt. Und dass man mit Interesse darauf schaue, ob der jungen Festspielleiterin der *Tristan* gelingen würde. Die *Meistersinger* nämlich habe die Festspielleiterin vor ein paar Jahren – die Kanzlerin hatte es salopp formuliert, weil sie nicht oberlehrerhaft klingen wollte – »glatt vergeigt«. Der bayerische Ministerpräsident hatte genickt (spöttisch, wie ihr schien) und sie einfach stehenlassen.

Mit Unbehagen dachte die Kanzlerin an die Begegnung zurück, sodass sie gar nicht bemerkte, wie die Lichter erloschen und das Publikum verstummte. Der dissonante Akkord, mit dem die Oper dann einsetzte, irritierte die Kanzlerin. Obwohl sie den berühmten Akkord kannte und wusste, dass die Irritation beabsichtigt war, traf er sie unvorbereitet. Wagner hatte einen Akkord gewählt, der reizen und aufwühlen sollte, das war schon klar. Aber irgendwie schien ihr der Tristan-Akkord heute noch unangenehmer als sonst. Lag es an der Interpretation des Dirigenten? Oder an der Hitze? Oder daran, dass der dissonante Akkord mit dem nicht minder dissonanten Gedanken an den bayerischen Ministerpräsidenten zusammentraf?

Die Musik beruhigte sich und ging über in jene wogenden Tonfolgen, die Wagner als »unendliche Melodie« bezeichnet hatte. In der Vergangenheit hatte die Kanzlerin Wagners unendliche Melodien oft zum Anlass genommen, um über komplexe Sachverhalte nachzudenken. Und die griechische Schuldenkrise, die sie auch schon unendlich lang beschäftigte, schien ihr wie gemacht für so eine unendliche Melodie. Doch diesmal störte sie die Musik in ihrer Konzentration. Die ganze Oper erschien ihr fürchterlich überspannt. Ja, sie ärgerte sich sogar über den Komponisten. Mit *Tristan und Isolde* hatte Wagner, wie sie wusste, die musikalische Entsprechung eines starken Gefühls schaffen wollen, das Werk war Ausdruck eines quälenden Sehnens – und die Kanzlerin dachte, dass sie sich in diesem Moment sicherlich nicht sehne, aber, verdammt noch mal, sie quälte sich schon ein bisschen.

Vielleicht, so dachte die Kanzlerin dann, war es an der Zeit, einmal zu überlegen, ob sie Wagner wirklich mochte. Sie schüttelte den Kopf und betrachtete ihren Ehemann von der Seite. Er hatte sein Opernglas auf die Bühne gerichtet, auf das hässliche Labyrinth aus Treppen und Brücken, das die Bühnenbildner aufgetürmt hatten. Hoffentlich hatte wenigstens *er* seinen Spaß. Ganz hatte sie nie verstanden, was ihn – den Quantenchemiker, der so lärmempfindlich war, dass er zu Hause am Kupfergraben auf dicken Strickstrümpfen über das Eichenparkett schlich und von ihr selbiges erwartete – ausgerechnet an Wagner reizte. Er war es, der Wagner so sehr liebte, nicht sie. Zwar hatte sie Wagner irgendwann zu ihrem Lieblingskomponisten erklärt. Aber das war eher ein Zugeständnis gewesen, nicht nur an ihren Mann, sondern auch an den konservativen Flügel ihrer Partei, der Wagner mehrheitlich ebenfalls schätzte.

Die Kanzlerin selbst hätte in diesem Moment etwas Leichtes bevorzugt. Eine Operette von Franz Lehár. Oder eines der Mozart-Klavierkonzerte, die ja auch nicht so hohe akustische und emotionale Anforderungen stellten. Vielleicht war sie einfach alt geworden. Sie konnte nicht mehr über den Europäischen Stabilitätsmechanismus und die damit verbundenen Haftungsrisiken nachdenken, wenn anstrengende Musik spielte und ihr Mann sie alle paar Minuten am Ärmel zupfte, um auf eines der Leitmotive hinzuweisen (das Todesmotiv, das Blickmotiv, das Sehnsuchtsmotiv et cetera), die Wagner dauernd verwandte.

Doch leider steckte die Kanzlerin in Bayreuth fest. Nicht nur die nächsten 5 Stunden und 55 Minuten, die das Festspielhaus für *Tristan und Isolde* veranschlagt hatte, sondern auch die restlichen Sommer ihrer Kanzlerschaft. Als Kanzlerin der Bundesrepublik Deutschland konnte sie, nachdem sie einmal behauptet hatte, dass *Tristan* ihre Lieblingsoper sei, nicht plötzlich eine Pirouette drehen und sagen, dass sie Mozarts Klarinettenkonzert und, ach ja, *Die Lustige Witwe* genauso gern möge. Zumal ihr der konservative Parteiflügel immer schon vorgeworfen hatte, sie habe keine festen Überzeugungen, keine inneren Werte.

»Wer wagt mich zu höhnen?«, sang Isolde nun, sie brüllte schon fast. Eine hysterische Frau, diese Isolde, dachte die Kanzlerin, und sie erinnerte sich im gleichen Moment, wie sie Wagner zum ersten Mal gehört hatte. Sie dachte nicht oft daran zurück. Ohnehin war es nicht ihre Sache, die großen Bögen von der Gegenwart in die Vergangenheit zu spannen (für so etwas hatte sie Biografen), und diese eine Erinnerung war ihr besonders unangenehm. Aber da sie nun einmal damit angefangen hatte, konnte sie die Erinnerung auch nicht mehr unterdrücken.

Joachim Sauer hieß der etwas ältere Wissenschaftler, der damals, Anfang der Achtzigerjahre, häufig bei ihr vorbeikam. Er sah recht gut aus für einen Quantenchemiker, hatte dichtes schwarzes Haar, einen kräftigen Körperbau, war (und vor allem das machte ihr Eindruck) sehr angesehen an der Akademie der Wissenschaften. Ja, es schmeichelte ihr, dass dieser mehrfach ausgezeichnete Mann, der Johann-Gottlieb-Fichte- und Friedrich-Wöhler-Preisträger, zu ihr kam, um sie zu besuchen, in dem schrecklich düsteren Büro, vor dessen Fenster die Schlehenbüsche wucherten. »Sauer ist hin und wieder nachmittags bei ihr im Arbeitszimmer und trinkt mit ihr Kaffee«, stand in ihrer Stasi-Akte, und auch wenn sie sich nicht daran erinnerte, mit Sauer jemals Kaffee getrunken zu haben, so dürfte es, wenn die Stasi das behauptete, doch so gewesen sein.

Was die Stasi nicht mitbekam, war, dass Sauer eines Nachmittags mit einer Ledertasche in ihrem Büro stand. Er tat sehr geheimnisvoll, schloss die Tür hinter sich und sagte so leise, dass sie fast seine Lippen lesen musste: »Richard Wagner.« Dann holte er ein Kassettengerät und fünf handbeschriftete Kassetten aus der Tasche – »Nur geliehen natürlich« –, und sie musste ihm versprechen, erstens, niemandem weiterzusagen, dass er Wagnerianer sei, und, zweitens, die Musik jenes Werks anzuhören, das die Kanzlerin Jahre später zu ihrer Lieblingsoper erklären sollte.

So schön und überraschend die Leihgabe auch war, stellte sie die junge Physikerin doch vor einige Probleme. Sie konnte das Gerät mit den Tristan-Kassetten nicht einfach nach Hause nehmen, wo Ulrich Merkel, der Mann, mit dem sie damals verheiratet war, sicherlich Fragen gestellt hätte. Im Büro zurücklassen wollte sie es auch nicht. Also fuhr sie nach der Arbeit zu einer Freundin, um die Leihgabe dort in der Speisekammer abzustellen. Zu mehr kam sie an diesem Tag nicht. Als sie Sauer am nächsten Morgen auf dem Flur begegnete, warf er ihr einen verschwörerischen Blick zu. »Schon fertig mit dem Tristan?«, fragte er.

Sie ließ sich krankschreiben und fuhr mit der Tram durch ganz Ostberlin, um in Bibliotheken nach Literatur zu suchen. In Köpenick schließlich fand sie einen Opernführer sowie Martin Gregor-Dellins große Wagner-Biografie. Bis spät saß sie im Lesesaal und machte sich Notizen. Als Sauer ein paar Tage später wieder zu ihr kam, erzählte sie ihm, was sie wusste. Sie sprach über den Tristan-Akkord – f, h, dis, gis –, die unendliche Melodie und über Wagners Gebrauch der Leitmotivtechnik. Aber als sie fertig war, sah sie, dass Sauer enttäuscht wirkte. Er wandte sich zum Gehen. Als er schon in der Tür stand fragte er: »Was bedeutet dir *Tristan und Isolde*, Angela?«

»Was es mir bedeutet?« Sie spürte, wie ihr die Tränen kamen.

»Was ist *Tristan und Isolde*?«

»Eine Oper von Wagner?«, fragte sie mit versagender Stimme.

Er schüttelte den Kopf. »*Tristan und Isolde* ist Gefühl in Reinform«, sagte er, »kein Lernstoff.« Er ging hinaus.

Erst später, als sie längst liiert waren, zunächst heimlich, dann auch offiziell, war der Kanzlerin aufgegangen, dass Sauer womöglich schon damals in sie verliebt gewesen war. Er hatte in *Tristan und Isolde* eine Parallele gesehen, eine Anspielung auf die scheinbare Aussichtslosigkeit ihrer Liebe. Beide waren sie damals mit anderen Partnern verheiratet, sie zudem mit einem Mann, dessen Nachname ein bisschen so klang wie der des alternden Königs, der in der Oper zwischen Tristan und Isolde stand. Merkel und Marke.

Trotzdem war diese Erinnerung, die ja eigentlich eine erfreuliche sein müsste, heute noch schmerzhaft. Sie zuckte zusammen, wenn sie an Sauers Worte dachte, die ihr so hart erschienen, weil sie treffend waren. Ja, Emotion war ihre Schwäche. Sie wusste oft nicht, was sie empfand. Sie hatte keine Sprache dafür. Auch war es ihr unangenehm, wenn andere Leute starke Emotionen zeigten, ihr fiel nichts dazu ein. Und Sauer war sogleich auf diese Schwachstelle gestoßen.

Auf der Bühne rief Isolde nun Tristan zu sich, und der Tristan trat heran, übergewichtig wie immer, unterstützt von anschwellenden Bläsern. Sauer warf der Kanzlerin einen Blick zu und hob bedeutungsvoll die Brauen. Die Kanzlerin nickte. Das Ehrenmotiv, natürlich.

Etwas anderes kam ihr in den Sinn, eine Sache, die gerade mal ein paar Tage zurücklag und an die sie eigentlich auch nicht denken wollte. Der Bürgerdialog in Rostock. Das palästinensische Flüchtlingsmädchen, über das alle sprachen. Diese Reem Sahwil, die in Tränen ausgebrochen war, als ihr die Kanzlerin die deutsche Asylgesetzgebung erläuterte. Die Kanzlerin hatte versucht, dem Mädchen klarzumachen, dass nicht jeder Asylbewerber in Deutschland bleiben dürfe. »Wenn wir jetzt sagen, ihr könnt alle kommen, dann können wir das auch nicht schaffen«, hatte sie gesagt – eine Selbstverständlichkeit eigentlich, und trotzdem war es nicht einfach gewesen, das so zu sagen, weil diese Reem nett und vernünftig ausgesehen hatte. Außerdem war das Fernsehen dabei gewesen. Eine unmögliche Situation.

Die Kanzlerin fand im Nachhinein, dass sie es ganz gut gemacht hatte. Sie war zu dem weinenden Mädchen gegangen, hatte ihr die Hand auf den Hinterkopf gelegt und den Moderator, der sich einmischte, zurechtgewiesen. Man werde doch mal streicheln dürfen, hatte sie gesagt, und abends, im Fond der Dienstlimousine sitzend, auf dem Weg zurück nach Berlin, war sie der Meinung gewesen, dass sie Emotionen inzwischen besser handhabe als noch zu Beginn ihrer Kanzlerzeit. Sie hatte, was das Emotionale anging, wirklich Fortschritte gemacht.

Nur war die öffentliche Wahrnehmung eine ganz andere, wie die Kanzlerin am folgenden Tag in der morgendlichen Besprechung erfuhr. Der Regierungssprecher war die üblichen Medien durchgegangen, die überregionalen Zeitungen also, die das Treffen mit dem Flüchtlingsmädchen erwartungsgemäß übergangen hatten. Dann hatte sich dieser junge Mann zu Wort gemeldet, der erst vor ein paar Tagen dazugestoßen war. Er hatte eine ungewöhnliche Berufsbezeichnung, er nannte sich »Social Media Analyst«. Die Kanzlerin hatte dem Vorschlag, einen Mitarbeiter einzustellen, der für das Kanzleramt die sozialen Medien beobachtete, bloß widerwillig zugestimmt. Und sie war weiterhin der Meinung, dass jemand, dessen Aufgabe lediglich darin bestand, im Internet zu surfen, unmöglich mehr sein könne als ein Praktikant. Weshalb sie ihn im Stillen auch als solchen bezeichnete.

»Hashtag merkelstreichelt«, hatte der Social-Media-Analyst (also der Praktikant) in diesem Moment gesagt.

»Hashtag Merkel was?«, hatte die Kanzlerin gefragt, und sie hatte den betretenen Blicken der anderen angesehen, dass alle über »Hashtag merkelstreichelt« Bescheid wussten, ihr dieses Wissen aber vorenthielten.

»Was soll das heißen: Hashtag merkelstreichelt?«, hatte die Kanzlerin erneut gefragt, und als der Social Media Analyst, der in dieser Geschichte noch eine größere Rolle spielen wird, weit ausholte, unterbrach sie ihn. Unwirsch sagte sie, sie müsse hier nicht erklärt bekommen, wie Twitter funktioniere, denn sie wisse sehr wohl, wie man twittere oder – und hier hob die Kanzlerin ironisch die Brauen – »einen Tweet absetze«. Doch schreibe sie lieber ganz normale SMS, und im Übrigen solle man ihr doch sagen, was daran so bemerkenswert sei, dass sie, die Kanzlerin der Bundesrepublik Deutschland, streichele.

Darauf hatten alle geschwiegen. Es war ein ungewöhnliches, fast peinliches Schweigen in dieser morgendlichen Besprechung, in der ansonsten, so fand die Kanzlerin, sehr engagiert diskutiert wurde. Bis die Büroleiterin aussprach, was die anderen wohl nicht auszusprechen wagten. »Aber Sie wissen doch selbst, dass Sie jetzt nicht der emotionalste Mensch sind«. Es war verletzend, das so gesagt zu bekommen. Reichte es denn nicht, dass die Mitarbeiter eine Chefin hatten, die einen kühlen Kopf bewahrte? Die zuhören konnte und selbst im Zorn nicht laut wurde? Die manchmal sogar Humor bewies (wenn auch einen ziemlich trockenen)? Ja, was wollten die Leute denn? Liebe und Leidenschaft im Kanzleramt?

Die Kanzlerin hatte sich ein wenig echauffiert. Sie versuchte, sich wieder zu beruhigen. Auf die Oper zu konzentrieren, die sie so gut kannte. Sie kniff die Augen zusammen. Angestrengt schaute sie auf die Bühne, wo Isolde gerade mit einem Messer rumhantierte, das sie mal auf Kurwenals Brust richtete, dann wieder auf die eigene, und die Kanzlerin sagte sich: Das ist ja dermaßen überkandidelt. Muss das wirklich so intensiv sein? Geht's nicht auch ein bisschen moderater? Und wie lang ist's noch bis zur Pause? Sie schwitzte stark. Das Kleid zwickte. Sie lehnte sich vor. Sie lehnte sich wieder zurück. Sie schloss die Augen. Sie hielt durch.

Als der Erste Aufzug endlich vorbei war, verließ die Kanzlerin die Mittelloge, ohne auf ihren Mann zu warten, der stehend Beifall klatschte. Sie schob sich in schweißnassem Himmelblau an anderen Opernbesuchern vorbei, zwei Personenschützer folgten ihr. Im Foyer sah sie schon von Weitem den bayerischen Ministerpräsidenten. Ihr war, als sehe auch er ganz bleich aus, sodass sie ihn schon fragen wollte, ob ihm der diesjährige Tristan ebenso schlecht bekommen sei wie ihr. Sie entschied sich dagegen. Ungelenk hielt sie auf die Steigenberger Festspielrestauration zu, in der sie, wie immer, einen Snack zu sich nehmen wollte. Man erwartete sie schon und hatte einen Tisch für sie bereitgestellt. Sie peilte ihn an. Doch war ihr komisch zumute. Links und rechts sah sie flimmernde Punkte, ihr Blickfeld verengte sich, es wurde düster, und sie konnte den Stuhl, auf den sie sich retten wollte, kaum noch erkennen. Theatralisch, wie sie dachte, sank sie zu Boden, dann war da nichts mehr. Bloß Farben. Überirdisch leuchtend. Und pures Glück.

Als sie ein paar Sekunden später auf dem Teppich der Festspielrestauration Steigenberger erwachte, wusste sie zunächst nicht, wo sie war. »Warum bin ich nicht in meinem Bett?«, fragte sie den Bundestagspräsidenten und die Kulturstaatsministerin, die sich mit besorgten Gesichtern über sie beugten. »Und was haben Sie hier zu suchen? Lassen Sie mich schlafen.« Sie blinzelte verwirrt und brauchte Zeit, um die Situation zu erfassen. »Ich bin in Bayreuth«, sagte sie dann. »*Tristan und Isolde*. Erste Pause.« Und in diesem Moment wusste sie auch, dass sie dem starken Wunsch, noch ein bisschen auf dem Teppich liegen zu bleiben, auf keinen Fall nachgeben durfte.

Die Kanzlerin war erfahren genug, um zu wissen, dass ihr Schwächeanfall seinen Weg in die Öffentlichkeit finden würde. Die Leute würden reden – auch diejenigen, von denen sie es am wenigsten erwartete. Also erklärte sie dem Bundestagspräsidenten und der Kulturstaatsministerin, dass sie keine Hilfe beim Aufstehen brauche. Die Hitze habe ihr etwas zugesetzt, aber nun sei sie hungrig und durstig, und anschließend, nach einer kleinen Erfrischung, freue sie sich auf den Zweiten Aufzug. Da saß sie auch schon sehr munter auf dem weich gepolsterten Stuhl. Und als sie später erfuhr, dass der bayerische Ministerpräsident die Aufführung wegen Erschöpfung verlassen hatte, fühlte sie sich noch besser – und bestärkt in ihrem Vorhaben, bis zum Liebestod durchzuhalten. Sie betrachtete *Tristan und Isolde* nicht mehr als Vergnügen, sondern als Aufgabe, die es zu bewältigen galt. Das machte die Sache viel einfacher.

Stoisch ließ sie den Zweiten und Dritten Aufzug über sich ergehen, gab danach noch ein Statement ab – es habe ihr sehr gefallen – und sah, als sie schließlich ins Hotel zurückkehrte, dass eine Boulevardzeitung den »Kollaps« im Netz gemeldet hatte. Sie rief den stellvertretenden Regierungssprecher an. Er sagte, man könne die Nachricht nicht einfach dementieren und schlug vor, dem Stuhl die Schuld zuzuschieben, wofür man jedoch die Zustimmung des Steigenberger-Managements einholen müsse. Die Sache zog sich. Es ging hin und her, war ziemlich mühsam. Als die Meldung schließlich dahingehend korrigiert worden war, dass ein defektes Sitzmöbel unter der Kanzlerin zusammengebrochen sei, war es zwei Uhr morgens. Die Kanzlerin zog sich um. Sie putzte sich die Zähne. Sie legte sich zu ihrem Mann, der mit weit geöffnetem Mund seinen Tristan-Rausch ausschlief. Sie starrte im Dunkeln noch lange vor sich hin, und als sie endlich die Augen schloss, träumte sie wirres Zeug, Isoldes Geschrei im Ohr.

Die Kanzlerin war an dem Sommerabend, als sie in Bayreuth *Tristan und Isolde* sah und in Ohnmacht fiel, fast zehn Jahre im Amt. Stets mit einer Öffentlichkeit umzugehen, die sie genauestens beobachtete, war für sie nichts Neues. So gut wie jeder Tag in ihrem Leben wurde dokumentiert. In Pressemitteilungen und Gesprächsprotokollen, in Zeitungsartikeln und Fernsehberichten, in Biografien und Langzeitbeobachtungen. Ja, man könnte sich an dieser Stelle, wie ein fauler Festredner, auf den Satz beschränken, dass über die Kanzlerin schon alles gesagt und nichts Wesentliches hinzuzufügen sei. Doch das hätte sie selbst anders gesehen. Die Kanzlerin hatte kein so klares Bild von sich, wie man das als Außenstehender vermuten würde. Sie war sich oft ein Rätsel – und das, obwohl es ihr nicht an Informationen mangelte.

Fast jeden Tag bekam sie in der Morgenlage – der morgendlichen Besprechung im Kanzleramt – präsentiert, was die Medien über sie schrieben. Sie sah sich jede Woche im Fernsehen, manchmal sogar mehrfach. Auch hatte sie im Lauf der Jahre eine große Anzahl von Büchern erworben, die ihr Leben und Wirken zum Thema hatten. Zu Anfang ihrer Kanzlerzeit hatte sie noch davor zurückgescheut, die Merkel-Biografien ins Büro schicken zu lassen. Es erschien ihr eitel, sie schämte sich, ja, sie hatte sich so schwer damit getan, dass sie schließlich bei Amazon eine große Sammelbestellung getätigt hatte, in der Hoffnung, dass die vier oder fünf Merkel-Titel zwischen mehreren Kochbüchern, russischer Lyrik, einer kontroversen Nazi-Satire sowie der 18-bändigen Werkausgabe von Immanuel Kant nicht groß auffallen würden. Mit der Zeit hatte sie dann gelernt, das Lesen der Biografien als gewöhnlichen Teil ihrer Arbeit zu betrachten. Sie fand, dass sie ein Recht darauf hatte, zu erfahren, was die Leute über sie schrieben. Und manchmal brachte sie die Lektüre sogar auf neue Ideen oder gewährte ihr einen Einblick in das eigene Wesen, den sie sonst nicht gehabt hätte.

Doch ging es der Kanzlerin mit der sie betreffenden Fachliteratur wie anderen Leuten mit Fotos, die nach und nach die Erinnerung verdrängten. Die Kanzlerin hatte schlichtweg zu viel gelesen und wusste nicht mehr, woran sie sich selbst erinnerte und was sie bloß bei Langguth, Boysen und Roll über sich erfahren hatte. Hinzu kam, dass die Biografen alle beieinander abschrieben, sodass bestimmte Geschichten im Lauf der Jahre immer mehr Gewicht bekamen, während andere im Rückblick an Kontur verloren.

In fast jeder Biografie konnte man nachlesen, dass sie als Schülerin im Sportunterricht eine Dreiviertelstunde auf dem Drei-Meter-Brett gestanden und sich erst kurz vor dem Pausengong zum Sprung durchgerungen habe. Diese Anekdote kam der Kanzlerin sehr zupass. Sie ließ sich nämlich derart interpretieren, dass die Kanzlerin in wichtigen Fragen oft Zeit brauchte, um dann im letzten Moment eine starke Entscheidung zu treffen. Die Kanzlerin hatte aber auch viele Dinge erlebt, die nie jemand aufgeschrieben hatte – und sie fragte sich, ob diese Dinge dann überhaupt eine Rolle spielten. Wie bedeutsam, wie wahrhaftig waren sie, wenn allein sie sich daran erinnerte?

Den Überblick darüber, was geschehen war und was nicht, hatte die Kanzlerin vor allem verloren, wenn es um die Jahre vor der Wende ging. Fünfunddreißig Jahre hatte sie in der DDR gelebt, und sie war der Meinung, ein ziemliches Schattendasein geführt zu haben. Eine Wissenschaftlerin war sie gewesen, an einem renommierten Institut, sicherlich, aber ohne Ehrgeiz, ohne große Perspektive. Es überraschte sie immer wieder, wie viele Leute, denen sie damals flüchtig begegnet war, Notiz von ihr genommen hatten – und was für Geschichten sie zu erzählen wussten.

Ihre eigene Erinnerung an diese Zeit dagegen war verschwommen. Womöglich würde sie am Ende ihres Lebens bloß noch ein paar Daten und Fakten im Kopf haben. Dass sie als Tochter eines Pfarrers in der Uckermark aufgewachsen war. Dass sie nach der Schule an der Karl-Marx-Universität in Leipzig Physik studiert hatte. Und dann elf Jahre lang an der Berliner Akademie der Wissenschaften gearbeitet und mit einer »Untersuchung des Mechanismus von Zerfallsreaktionen mit einfachem Bindungsbruch und Berechnung ihrer Geschwindigkeitskonstanten auf der Grundlage quantenchemischer und statistischer Methoden« promoviert hatte.

Aber auch die Zeit nach der Wende war ihr, wenn sie es recht bedachte, nicht viel präsenter. Das lag vermutlich daran, welch steilen Aufstieg sie in kurzer Zeit genommen hatte. Stellvertretende Regierungssprecherin der letzten DDR-Regierung. Bundestagsabgeordnete. Ministerin für Frauen und Jugend. Ministerin für Umwelt. CDU-Generalsekretärin und Vorsitzende. Kanzlerkandidatin. Bundeskanzlerin. Sie hatte in dieser ganzen Zeit nicht nur unglaublich viel gearbeitet, sondern sich auch die Lebensweise einer ganz anderen Gesellschaft aneignen müssen. Herrgott, als sie Anfang der Neunziger als junge ostdeutsche Physikerin nach Bonn zog, um im Herzen der alten Bundesrepublik Politikerin zu werden, kam sie sich manchmal vor, als habe sie zuvor in einer Höhle gelebt wie Kaspar Hauser. Fast alles, was sie über den Westen wusste, wusste sie aus dem Fernsehen. Sie hatte nie das Oktoberfest besucht, nie einen Mercedes gefahren oder gar Marihuana ausprobiert. Wie Kreditkarten funktionierten, musste sie sich erklären lassen.

In dieser ganzen Zeit hatte sie sich auf ihr Kurzzeitgedächtnis verlassen können. Sie war imstande, im Nu eine große Menge an Informationen aufzunehmen. Immer wieder war sie überrascht, wie rasch sie etwas lernte – und wie rasch es ihr wieder entfiel, wenn es nicht mehr vonnöten war. Ihr Kurzzeitgedächtnis musste das Langzeitgedächtnis geradezu verdrängt haben. Ja, vielleicht bevorzugte die Kanzlerin auch deshalb eine Politik der kleinen Schritte, weil sie sich an nichts richtig erinnerte, das weit zurücklag. Sie fing immer wieder bei null an (so wie sie auch damals, als die Mauer fiel, bei null angefangen hatte), legte sich in kürzester Zeit ein Expertenwissen zu und war auf diese Weise unvoreingenommener als andere Politiker, die ihre lang gehegten Überzeugungen niemals überprüften.

Und immerzu betonte die Kanzlerin, wie viel Freude ihr diese Art der Politik bereite. Anstatt große Reden zu schwingen – so sagte sie –, mache sie sich lieber an die Arbeit. Stelle Leuten bohrende Fragen. Beschäftige sich mit noch so kleinen Details. Und das Spannende sei, dass sie ständig vor neuen Herausforderungen stehe. Langweile verspüre sie nie, denn sie habe den interessantesten Job, den sie sich vorstellen könne. Sie freue sich über jeden Tag, den sie als Kanzlerin der Bundesrepublik Deutschland erleben dürfe. Das Problem war bloß: All das stimmte nicht mehr.

In letzter Zeit war die Kanzlerin oft gereizt, unmotiviert, antriebsarm. Sie schlief nachts schlecht, auch wenn sie eigentlich todmüde war, hatte morgens keine Lust aufzustehen. Und ihre Beine kribbelten, denn sie litt an dem sogenannten Restless-Legs-Syndrom. Doch wollte sie keinen Spezialisten kommen lassen, der dann auf irgendeinem Restless-Legs-Syndrom-Kongress erzählen würde, dass er eine hochstehende Person im Kanzleramt (er dürfe leider nicht sagen, wen) behandelt habe. So etwas sprach sich herum, und irgendwann würden die Leute einander erzählen, dass die Kanzlerin so eine unangenehme Sache habe, womöglich psychisch bedingt, und dann würden sie sich die Frage stellen, ob ihre Arbeit als Politikerin darunter leide – und schon war der Gedanke in der Welt, dass die Kanzlerin der Bundesrepublik Deutschland keine gute Arbeit mehr leiste. So schnell ging das.

Tatsächlich hatte sich die Kanzlerin aber auch selbst gefragt, ob sie noch gute Arbeit leiste, wenn sie keine Freude mehr daran hatte. Nachts um drei, in ihrer Wohnung in Berlin-Mitte, stand sie mit kribbelnden Beinen auf und stellte sich ans Fenster. Sie schaute hinunter auf die Straßenbahnschienen, auf die im Laternenschein matt glänzende Spree, auf das dahinter liegende Pergamonmuseum, düster und monumental, und sie stellte sich vor, wie sie in einer Ansprache lauter Dinge sagen würde, die ihr als Bundeskanzlerin zu sagen nicht möglich waren: Heute war mal wieder echt anstrengend. Mein Beruf erfüllt mich nicht. Jedes Mal, wenn ich ein Problem gelöst habe, taucht ein neues auf. Ich habs satt. Ich weiß nicht, ob es überhaupt sinnvoll ist, was ich tue. Bei Gipfeltreffen bin ich oft müde. Die anderen Regierungschefs nerven. Ich kann mich nicht auf komplizierte Gespräche konzentrieren, wenn die Beine jucken. Manchmal möchte ich alles hinschmeißen und was ganz anderes machen. Manchmal wär ich gern UNO-Generalsekretärin in New York. Manchmal wär ich auch gern tot.

Ein paar Wochen, nachdem die Kanzlerin bei den Bayreuther Festspielen in Ohnmacht gefallen war, reiste sie nach Sachsen. Sie sollte eine Uhrenmanufaktur und ein Flüchtlingsheim besuchen. Die Kanzlerin hatte keine Lust auf diese Reise, und sie war nur unzureichend gebrieft worden. Die drei Mitarbeiter, die eigentlich für die Zusammenstellung der Unterlagen zuständig gewesen wären, befanden sich im Urlaub, ein vierter war erkrankt. Die Aufgabe, die Kanzlerin auf den Besuch vorzubereiten, war dem Social Media Analysten zugefallen, der keine Erfahrung in solchen Dingen hatte. So kam es denn, dass die Kanzlerin, als sie vormittags in Berlin in den Hubschrauber stieg und die dunkelblaue Mappe öffnete, lediglich einen Wikipedia-Eintrag zur deutschen Uhrenindustrie fand sowie eine versehentlich beigelegte Bundespressemitteilung, die sich mit der Ausbreitung der Asiatischen Tigermücke im Schwarzwald beschäftigte. Dazu noch einen Bericht des Bundesamts für Migration und Flüchtlinge.

Die Kanzlerin überflog das Schreiben des BAMF. Die darin genannten Fakten kannte sie schon. Mehr Flüchtlinge denn je hatten sich im ersten Halbjahr auf den Weg nach Deutschland gemacht. Sie kamen aus Syrien, wo der Krieg, nun schon im vierten Jahr, kein Ende nahm. Sie kamen aus den überfüllten Flüchtlingslagern in Jordanien und im Libanon. Sie kamen aus Afghanistan und Pakistan. Und sie nahmen nicht den gefährlichen Weg über das zentrale Mittelmeer, sondern erreichten Europa über die ägäischen Inseln Lesbos, Samos und Kos, die in Sichtweite der türkischen Küste lagen. Der überforderte griechische Staat ließ die Flüchtlinge passieren. Auf der sogenannten Balkanroute reisten sie weiter nach Westeuropa.

Das BAMF hatte aufgrund des Andrangs seine Prognose für die Asylbewerberzahlen nach oben korrigiert. 800 000 sollten nun, aufs Jahr gerechnet, ins Land kommen, und seitdem diese Zahl bekannt geworden war, befanden sich die Deutschen in großer Aufregung. In der sächsischen Kleinstadt Heidenau hatten 1000 Menschen gegen die Unterbringung von Flüchtlingen protestiert. Sie hatten Straßen blockiert, Flaschen geworfen und Polizisten verletzt – und viele Leute, die sich in den Medien darüber empörten, erwarteten von der Kanzlerin eine große Rede, in der sie erklärte, wie sie zu Flüchtlingen und Fremdenfeinden stand.

Doch konnte sich die Kanzlerin nicht zur großen Rede durchringen. Sie mochte große Reden nicht, sie hielt so etwas in Krisensituationen sogar für unvernünftig. Wenn sie große Reden anderer Politiker hörte, dachte sie: »Und was, wenn es noch schlimmer kommt? Was sagt er dann?« Genau deshalb hatte sie dem, was in Heidenau geschehen war, auch nicht zu viel Aufmerksamkeit schenken wollen. Sie hatte den Regierungssprecher gebeten, die Vorgänge in ihrem Namen aufs Schärfste zu verurteilen. Schärfer als aufs Schärfste konnte man Dinge nicht verurteilen, so fand die Kanzlerin, das musste genügen – und sie hätte es sicherlich dabei belassen, wenn da nicht der längst vereinbarte Termin in der Uhrenmanufaktur gewesen wäre. Die Einweihung eines Neubaus bei Lange & Söhne, nur 20 Kilometer von Heidenau entfernt. Also hatte sich die Kanzlerin überreden lassen, das Flüchtlingsheim zu besuchen. Es wäre ja auch ein bisschen seltsam gewesen, mit dem Hubschrauber über das Flüchtlingsheim hinwegzufliegen.

Der Hubschrauber landete auf dem Flugplatz von Pirna. Eine üppige Wiese war das, auf der gewöhnlich Segelflieger starteten und landeten. Die Kanzlerin stieg aus. Eine Limousine wartete schon, leise und ledergepolstert, die Sitze sehr behaglich. Sie war müde, weil sie nachts, anstatt zu schlafen, wieder am Fenster gestanden und auf das Pergamonmuseum geschaut hatte. Sie bat den Fahrer, Musik anzumachen. Der Fahrer fuhr die Kanzlerin zum ersten Mal. Ihre Bitte überraschte ihn. Man hatte ihm ausdrücklich gesagt, dass die Kanzlerin keine Musik hören wolle, vor allem, so hatte es geheißen, »keine Dudelmusik aus dem Radio«. Der Fahrer fragte verunsichert: »Soll ich Radio anmachen?« Die Kanzlerin nickte. Er fragte: »Dudelmusik?« Wieder nickte sie. Der Fahrer fand einen Klassiksender. Ein Klavierkonzert von Mozart. Angenehm. Sogleich kippte der Kopf der Kanzlerin nach vorn, das Kinn auf der Brust. Sie schlief ziemlich fest.

In Heidenau, keine zehn Minuten Fahrzeit entfernt, wartete das Volk schon auf die Kanzlerin. Das Volk bestand an diesem Tag aus ein paar Hundert Menschen, die der Kanzlerin ihre Meinung sagen wollten. Sie waren keine Rechtsradikalen, wie sie selbst betonten, sondern anständige Bürger, die vollauf damit beschäftigt waren, über die Runden zu kommen, und es sich nicht leisten konnten, irgendwelche Asylanten durchzufüttern. Sie trugen gestreifte Poloshirts und Sonnenbrillen, karierte Hemden und Stoffschirmmützen, und einige von ihnen hatten aus Pappkartons Schilder gebastelt, auf die sie in großen Lettern »Volksverräterin« geschrieben hatten.

Im Internet war eine nicht ganz ernst zu nehmende Morddrohung aufgetaucht, man hatte der Kanzlerin gar nicht erst davon erzählt – und es trotzdem für klüger gehalten, Dutzende von Polizisten aus Niedersachsen hinzuzuziehen. Die Polizisten standen, die Hände hinter dem Rücken verschränkt, auf der Straße, das Volk wartete hinter weißem Absperrband auf dem Bürgersteig. Dass das Volk nicht zur Kanzlerin durfte, um ihr die Meinung zu geigen, machte es wütend. Kamerateams liefen am Absperrband auf und ab und filmten das Volk, wie es »Lügenpresse, Lügenpresse« rief und immer wütender wurde, und einer – ein dicker junger Mann mit kurzen Haaren und kurzen Hosen – sprang über das Absperrband und stellte sich höhnisch grinsend neben einen filmenden Kameramann. Dann tauchte er, zwei Finger zum Victoryzeichen in die Luft gestreckt, wieder in der jubelnden Menge unter.

Das in etwa war die Situation in Heidenau, als der Wagen vor der Flüchtlingsunterkunft hielt, die sich in einem ehemaligen Baumarkt befand. Die Kanzlerin, soeben erwacht, schaute aus dem Fenster auf die Menge. Sie hörte, durch Panzerglas gedämmt, Pfiffe und Buhrufe. Im Radio spielte immer noch klassische Musik. Der Blumenwalzer von Tschaikowsky. Die Kanzlerin wollte nicht aussteigen. Sie befürchtete, man werde ihr ansehen, dass sie geschlafen hatte. Sie kam sich schutzlos und verletzlich vor. Sie öffnete die Tür. Der Blumenwalzer klang aus, der Lärm schwoll an. Die Sonne blendete. Und als sie sich, aus dem Wagen steigend, vollständig aufgerichtet hatte, hörte sie die sich überschlagende Stimme einer Frau, die – Pfiffe und Buhrufe sowie das Gebläse einer nahe gelegenen Möbelfabrik übertönend – »Fotze« brüllte.

Später würde die Kanzlerin erzählen, in Heidenau habe eine Lynchstimmung geherrscht. Aber in diesem Moment hatte sie keinen Begriff dafür. Sie hatte so etwas noch nie erlebt.

»Du Hure.«

Die Kanzlerin konnte nicht anders. Sie musste sich dahin drehen, wo sie die brüllende Frau vermutete.

»Elendes Mistvieh.«

Die Kanzlerin runzelte verwundert die Stirn. Fast hätte sie mit dem Finger auf sich gezeigt, um zu fragen, ob wirklich sie, also die Kanzlerin der Bundesrepublik Deutschland, gemeint war.

»Komm doch her, du blöde Schlampe, zeig dein hässliches Gesicht.«

Und dann tat die Kanzlerin etwas, das ihr im gleichen Moment völlig deplatziert vorkam. Sie senkte den Kopf und hob die Hand, um der Menge zu winken.

Es war das mädchenhaft-unsichere Winken der Kanzlerin, wenn sie bei einem Parteitag auf der Bühne stand und der Beifall kein Ende nehmen wollte. Wenn sie, in der VIP-Loge stehend, die Fans der deutschen Nationalmannschaft begrüßte. Wenn sie an der Seite ihres Mannes über den roten Bayreuther Festspielteppich schritt. Anfangs war dieses Kanzlerinnenwinken in seiner Unbeholfenheit völlig aufrichtig gewesen. Dann hatte die Kanzlerin gemerkt, dass die Leute rührend fanden, wie sie winkte, und sie hatte das Winken ein bisschen kultiviert. Die Unbeholfenheit war ihr Mittel geworden, um mit dem Volk zu kommunizieren.

Doch hier, an dem Spätsommertag in Heidenau, als die Kanzlerin beschimpft wurde wie nie zuvor, schämte sie sich plötzlich für ihr Winken. Es kam ihr erschreckend unangemessen vor. Weltfremd wie Marie Antoinette, die verhasste französische Königin, die gesagt hatte, wenn das Volk kein Brot habe, solle es doch Kuchen essen, und die dann später hingerichtet worden war. Abrupt brach die Kanzlerin das Winken ab. Sie drehte sich weg. Der sächsische Ministerpräsident, der mit einer Gruppe von Würdenträgern auf sie gewartet hatte, kam ihr rasch entgegen. Er legte die Hand auf ihre Schulter und schob sie Richtung Eingang, um sie in Sicherheit zu bringen; eine unangebracht patriarchalische Geste war das, die der Kanzlerin in diesem Moment aber überraschend guttat.

»Sie kriegen ein ganz falsches Bild von uns«, sagte der sächsische Ministerpräsident, der die Kanzlerin immer noch vor sich herschob, »das ist nicht unser schönes Sachsen.«

»Nein, nein«, sagte die Kanzlerin.

»Der überwiegende Teil der Leute hier ist friedlich.«

»Sehr friedlich«, pflichtete ihm die Kanzlerin bei. Sie war immer noch völlig von der Rolle.

»Es sind ein paar Krawallmacher dabei, die sind aus der ganzen Sächsischen Schweiz angereist. Wir kennen diese Leute, wir haben die Situation im Griff.«

»Natürlich«, sagte die Kanzlerin. Sie wusste, dass der sächsische Ministerpräsident in diesem Moment nicht viel von ihr erwartete. Wenn Politiker sich bei Presseterminen begrüßten und ein paar Schritte miteinander gingen, tauschten sie meist Belanglosigkeiten und schön klingende Sätze aus, sie wiederholten sich sogar. Es ging ja lediglich darum, ein Gespräch zu fingieren, nicht wirklich eines zu führen. Aber die »Volksverräterin«-Rufe waren immer noch zu hören, und die Kanzlerin fand, dass sie sich doch dazu äußern müsse.

»Ich war neulich erst in der Sächsischen Schweiz«, sagte sie langsam, mit belegter Stimme. »Mein Mann hat seinen Geburtstag gefeiert. Wir waren mit der Familie da. Und wir haben in Rathen den Raddampfer genommen.«

»Rathen, ein sehr schöner Ort«, warf der sächsische Ministerpräsident ein.

»Ja«, sagte die Kanzlerin, die auf etwas ganz anderes hinauswollte, aber Mühe hatte, ihre Gedanken zu ordnen. Sie wollte dem sächsischen Ministerpräsidenten nämlich erklären, dass die Menschen, denen sie auf dem Raddampfer begegnet sei, gar nicht so anders ausgesehen hätten als diejenigen, die nun in Heidenau pöbeln würden. Und dass man sich seiner Position als Bundeskanzlerin –

oder auch als sächsischer Ministerpräsident – nie sicher sein könne, wenn harmlose Ausflugstouristen binnen kürzester Zeit zu Hassbürgern würden. Ja, vielleicht hätte die Kanzlerin, die sonst nicht zu historischen Exkursen neigte, noch etwas über Marie Antoinette gesagt und über den Zusammenbruch der Weimarer Republik, um dann mit einem nachdenklichen Satz zum »dünnen Firnis der Zivilisation« zu enden. Doch sie kam nicht so weit.

Die Gruppe hatte inzwischen die grauen Sichtschutzplanen passiert, die den ehemaligen Baumarkt abschirmten, und war durch ein weiß getünchtes Treppenhaus in den ersten Stock gelangt. Die Glastüren standen offen, und als die Kanzlerin in den riesigen Saal trat, in dem früher in blauen Metallregalen Heckenscheren und Schlagbohrmaschinen ausgestellt gewesen waren, hatte sie nur einen kurzen Moment, sich alles anzuschauen: die endlosen Reihen von Feldbetten, getrennt nur durch an Wäscheleinen aufgehängte weiße Bettlaken, die langen Holzbänke, auf denen Dutzende junger Männer saßen und ihre Handys aufluden, die Spielecke schließlich, in der ein kleiner Junge einsam auf dem Boden saß und weinte. Denn schon im nächsten Augenblick erhoben sich überall Menschen, die offensichtlich gewartet hatten, und liefen auf die Kanzlerin zu, umringten sie und ließen sich auch von den Personenschützern und von den Mitarbeitern des Roten Kreuzes und des Technischen Hilfswerks nicht zurückdrängen, weshalb die Kanzlerin, wie auf einem Boot in unruhiger See, mal nach vorn, mal nach hinten geschoben wurde, und dabei in lauter lächelnde Gesichter schaute, sodass sie schließlich nicht anders konnte, als ebenfalls zu lächeln und »Hello, hello« zu sagen, und dann, um den Gruß auch mal zu variieren: »Welcome to Germany!«

Die Augustwoche, in der die Kanzlerin die Sächsische Schweiz besuchte, war eine typische Kanzlerinnenwoche. Außer Heidenau besuchte sie auch Wien und Duisburg. Sie empfing französische und ukrainische Delegationen und telefonierte zudem mit dem russischen Präsidenten, ein Gesprächstermin, der erfahrungsgemäß genauso viel Kraft raubte wie eine innereuropäische Flugreise oder ein langer Abend mit drei Gläsern Wein.

Die Kanzlerin war aufreibende Arbeitswochen gewohnt. Sie unternahm oft Reisen, führte viele Gespräche und brauchte gewöhnlich nur wenig Schlaf. Ihre Presseleute liebten es, Geschichten von der stets hellwachen Chefin zu streuen, die bei nächtlichen Verhandlungen mit südeuropäischen Politikern weitreichende Zugeständnisse erzwang, bloß weil diese ermattet waren und ins Bett wollten. Eine sogenannte Kamelkapazität schrieb man der Kanzlerin zu, denn sie konnte den Schlaf speichern und für später aufheben wie ein durch die Wüste wanderndes Kamel das Wasser.

Die Kamelkapazität entsprach dem, was die Bundesbürger von ihrer Kanzlerin erwarteten. Zwar arbeiteten die meisten Deutschen weniger denn je und betrachteten es – in einer kuriosen Umkehrung der protestantischen Arbeitsethik – geradezu als moralische Pflicht, sich von ihrer Tätigkeit angemessen zu erholen und Yoga, Wellness und andere Dinge zu machen, die der Stressbewältigung dienten. Aber von der Kanzlerin verlangten sie nichtsdestotrotz, dass sie weiterhin so viele Stunden arbeitete und so wenig Urlaub nahm wie ein Fabrikarbeiter des späten 19. Jahrhunderts. Die Kanzlerin war sich dieser Erwartung bewusst. Und sie hatte in den zehn Jahren ihrer Kanzlerschaft sehr darauf geachtet, sich niemals hängenzulassen. Auch im engsten Kreis nicht.

Umso überraschter waren die Kanzleramtsmitarbeiter, als die Chefin an einem Freitag, zwei Tage nach dem Besuch in Sachsen, die morgendliche Besprechung eine halbe Stunde später ansetzen ließ. Das war in ihrer Amtszeit kaum je vorgekommen. Weshalb sich der Kanzleramtschef, die Büroleiterin, die Medienberaterin, der Regierungssprecher, sein Stellvertreter und alle anderen, die teilnahmen, denn auch, wie üblich, um halb neun einfanden und gemeinsam auf die Kanzlerin warteten.

Die Kanzlerin erschien um drei Minuten nach neun. Sie setzte sich auf den freien Stuhl am Tischende. Sie sagte: »Ich musste mich mal ausschlafen.« Sie gähnte. Dann erteilte sie dem Regierungssprecher das Wort. Und dann gähnte sie erneut, ja, sie schien, als der Regierungssprecher begann, die Medienberichte zusammenzufassen, nicht einmal zuzuhören. Tatsächlich ging es ihr nicht gut. Wäre sie nicht Kanzlerin der Bundesrepublik Deutschland gewesen, hätte sie sich wahrscheinlich krankschreiben lassen. Die ganze Nacht hatte sie wach gelegen, weil sie die Erinnerung an Heidenau nicht losließ. Ihren Besuch dort, ihre offensichtliche Unfähigkeit, mit Hass umzugehen, hatte sie als derart desaströs empfunden, dass sie die Medienberichte ignoriert hatte und auch keine Zusammenfassung hören wollte.

Dann aber passierte etwas, das man im Theater als Comic Relief bezeichnen würde. Es klopfte nämlich. Da war es schon Viertel nach neun. Der Regierungssprecher verstummte. Die Kanzlerin reagierte nicht. Sie schaute auf ihre Hände, die sie auf dem Tisch gefaltet hatte. Ein erneutes Klopfen. Langsam öffnete sich die Tür. Der Social Media Analyst trat ein. Betreten fuhr er sich mit der Hand durch die verwuschelte Boygroup-Frisur und sagte: »Ach so, ich dachte, heut ist später.« Worüber alle, nach einer Schrecksekunde, ziemlich lachen mussten. Auch die Kanzlerin.

Es gibt große Ereignisse und wichtige Persönlichkeiten, die den Lauf der Geschichte ändern. Und es gibt kleinere Ereignisse und weniger wichtige Persönlichkeiten, die auch einen Einfluss haben, obwohl kein Historiker je von ihnen erzählt. Hier jedenfalls war es der Social Media Analyst, der mit seinem Auftritt bewirkte, dass sich die Stimmung der Kanzlerin nachhaltig wandelte. Zu lange schon war sie deprimiert gewesen, lustlos, ermattet, zermurbt von dem Reigen aufeinanderfolgender Krisen, und sie war nach dem Besuch in Heidenau auf einem Tiefpunkt angelangt, sodass es lediglich eines kleinen Anstoßes bedurfte, um das Pendel wieder in die andere Richtung ausschlagen zu lassen.

Die Kanzlerin, die Wangen gerötet vom Lachen, bat den Regierungssprecher fortzufahren. Sie war mit einem Mal ganz alert. Und hörte zu ihrem Erstaunen, dass die Medien den Besuch nicht als unglücklich oder peinlich empfunden hatten. Lediglich zu spät sei er erfolgt, hieß es. Die Kanzlerin verspürte fast so etwas wie Dankbarkeit. Sie kannte die meisten Journalisten, die den Vorfall derart kommentierten. Sie hatte mit ihnen Reisen unternommen und Hintergrundgespräche geführt. Und sie war erleichtert, weil sich niemand über sie lustig machte. Selbst die konservativen Medien sprachen sich für eine liberale Asylpolitik aus und argumentierten, dass das wohlhabende Deutschland moralisch und gesetzlich dazu verpflichtet sei, Menschen in Not zu helfen. Die Kanzlerin dankte dem Regierungssprecher für die gelungene Zusammenfassung.

Andere, die den Stimmungswandel der Kanzlerin bemerkt hatten, meldeten sich zu Wort. Der stellvertretende Büroleiter, der nach Heidenau mitgereist war, schilderte, wie er die Proteste erlebt hatte. Die Pfiffe. Die Beschimpfungen. Die Deutschlandfahnen. Und die, die nicht dabei gewesen waren, fielen einander ins Wort, weil sie auch etwas sagen wollten. Die Büroleiterin meinte, eine solche Respektlosigkeit gegenüber einem Staatsoberhaupt habe man in Deutschland überhaupt noch nicht erlebt, mit Eiern und Tomaten habe man ja seine Erfahrungen gesammelt, selbst die Sahnetorte als Wurfgeschoss bewege sich inzwischen im Bereich des gesellschaftlich Akzeptierten, »aber dieser Hass, diese Animosität …«, und sie schaute in die Runde, um ihre Worte wirken zu lassen. Der Kanzleramtschef wiederum erzählte von einer Anti-Atomkraft-Demo, die er in seiner Zeit als Umweltminister erlebt hatte, und die Medienberaterin sagte, dass sie die zunehmende Verrohung der Gesellschaft jeden Morgen in der U8 beobachte. Im Sinne einer straffen Gesprächsführung hätte die Kanzlerin sicherlich einschreiten und Redezeit begrenzen können, zumal sie sich noch auf das Mittagessen mit dem dänischen Ministerpräsidenten vorbereiten musste. Aber sie fand, dass sie der Emotion, die sich entfaltete, Raum gewähren sollte, und sie hörte wohlwollend nickend zu, bis auch der letzte Mitarbeiter ausgeredet hatte.

Sie habe sich über die lebhaften Gesprächsbeiträge sehr gefreut, sagte die Kanzlerin dann, sie teile vieles von dem, was an diesem Morgen gesagt worden sei – das Entsetzen und die Empörung wie auch das Mitgefühl mit Menschen, die Schreckliches durchmachen würden. Die Bilder der Flüchtlinge, die vor ein paar Tagen in einem Lastwagen erstickt seien, habe ja jeder gesehen.

»Wir hier«, sagte die Kanzlerin dann und zeigte aus dem Fenster in den blauen Himmel, »sitzen im Kanzleramt gewissermaßen über den Wolken, und wir müssen uns dem Hass, der einem da unten begegnet, nicht täglich aussetzen. Aber diese Menschen, die Not erlitten und extreme Strapazen auf sich genommen haben, bloß um nach Deutschland zu kommen – wie müssen die sich jetzt fühlen?«

Die Kanzlerin begann, sehr anschaulich nachzuerzählen, was einem Afghanen, den sie in Heidenau gesprochen hatte, auf seiner Flucht widerfahren war. Sie hatte dem Afghanen, dessen Fluchtgeschichte eine typische war, recht unkonzentriert zugehört. Doch nun wirkte die Empörung über das, was sie selbst in Heidenau erlebt hatte, in ihre Nacherzählung hinein. Man könnte vielleicht sagen: Sie legitimierte die Emotion, die sie bei sich selbst nicht gelten lassen wollte, indem sie mit den Flüchtlingen fühlte und deren Sache zu ihrer eigenen machte.

Sichtlich bewegt sprach die Kanzlerin von einer barfüßigen Wanderung durch die kurdischen Schneeberge, von libanesischen Schleppern, die in Istanbuler Hinterzimmern finstere Geschäfte machten und das Elend der Reisenden ausnutzten, sie sprach von undichten Schlauchbooten und von der sengenden Hitze auf griechischen Inseln, von den Knüppeln der mazedonischen Grenzpolizisten und von regennassen Nächten in ungarischen Kleinstädten, und weil sie beim Erzählen merkte, dass sie eine Stimme gefunden hatte, einen fast lyrischen Ton, der ihr sonst fehlte, beschloss sie, eine Ausnahme zu machen und sich möglichst bald in einer eindringlichen Rede an die Deutschen zu wenden.

Die Kanzlerin kam zum Schluss. Sie sagte, sie habe diese Leute, die so viel durchgemacht hätten, herzlich willkommen geheißen und halte es für angebracht, in der Öffentlichkeit ein entsprechendes Zeichen zu setzen. Dann warf sie der Büroleiterin, mit der sie alle grundsätzlichen Entscheidungen abzusprechen pflegte, einen fragenden Blick zu, den diese nickend erwiderte. Die große Sommerpressekonferenz am Montag wolle sie dafür verwenden, fuhr die Kanzlerin fort, und deshalb bitte sie ihre Mitarbeiter um etwas Besonderes. »Lassen Sie Ihrer Phantasie freien Lauf, seien Sie kreativ, schreiben Sie etwas Gutes«, rief die Kanzlerin in die Runde. »Und bitte nicht die üblichen Formulierungen über Bund, Länder und

Kommunen, die irgendwas koordinieren müssen. Das brauchen wir ausnahmsweise mal nicht!«

Der Auftrag war ungewöhnlich. Die Mitarbeiter der Kanzlerin verstanden sich als solide Handwerker, sie hatten Übung darin, stundenlang an Formulierungen zu feilen. (Sprach sich die Bundeskanzlerin bloß dafür aus, eine bevorstehende Herausforderung engagiert anzugehen, oder zeigte sich die Bundeskanzlerin überzeugt, dass man diese meistern werde?) Sie beherrschten die rhetorischen Stilmittel der gewollten Unschärfe, der Redundanz, der Verkomplizierung. Aber sie waren keine Poeten, und sie waren noch nie darum gebeten worden, ihrer Phantasie freien Lauf zu lassen. Unschlüssig saßen sie im Kanzleramt herum, jeder einen Laptop vor sich, sie tippten wenig und löschten viel, und auch ein gemeinsames Brainstorming führte zu nichts. Ein paar Stunden verstrichen. Dann schrieben sie jeder drei Sätze auf und fügten diese mittels Copy und Paste zusammen.

Die Kanzlerin empfing derweil mit militärischen Ehren den dänischen Ministerpräsidenten. Sie nahm das Gastgeschenk entgegen, einen jütländischen Weißwein, der, wie der dänische Ministerpräsident erklärte, dem Klimawandel zu verdanken sei. So rasch es ging, brachte die Kanzlerin das Mittagessen zu Ende. Sie verweigerte dem dänischen Ministerpräsidenten sogar den Nachtisch, der schon angerichtet war, indem sie auf die noch abzuhaltende Pressekonferenz verwies. Und dann war da noch der anschließende Besuch des polnischen Premierministers – sie hatte ihn ganz vergessen –, der auch irgendwie begrüßt, unterhalten und wieder verabschiedet werden musste.

Als die Kanzlerin schließlich dazu kam, in den siebten Stock zurückzukehren und das Redemanuskript anzuschauen, war es Nachmittag. Draußen senkte sich schon die Spätsommersonne, und die Kanzlerin nahm die fünf Seiten zur Hand, begierig zu lesen, was die Mitarbeiter komponiert hatten. Aber es war nicht gut so. »Nein, nein«, murmelte die Kanzlerin immer wieder, während sie mit dem Bleistift ganze Sätze ausstrich und andere an den Rand schrieb, »Nein, nein«, und schließlich sagte sie sich: »Am Ende kann man's ja auch selber machen.« Sie beschloss, ins Wochenende zu gehen. Bevor sie das Kanzleramt verließ, fragte sie im Vorzimmer, wo das Gastgeschenk des dänischen Ministerpräsidenten geblieben sei. Es wurde ihr ins Büro gebracht. Sie schaute auf das Etikett. Ein Aarhuser Riesling, Prädikat Spätlese. Nun denn.

Die Kanzlerin hatte zu Hause, Am Kupfergraben 6 in Berlin-Mitte, ein kleines Arbeitszimmer, das auf einen Hof mit Bäumen und Mülltonnen blickte. Vor dem Fenster stand ein zerkratzter Mahagonitisch, darauf ein Globus. Lediglich ein einziges Bild hing an der Wand, ein Druck, der ein Stillleben von Cézanne zeigte: ein Korb mit Äpfeln, eine Weinflasche und der Schriftzug des Museums, in dem das Gemälde hing (Art Institute of Chicago). Auf dem Parkettboden lagen CDs neben einem silberfarbenen Player, den die Kanzlerin gekauft hatte, als sie zuletzt einen Fachhändler für Technik und Elektronik besucht hatte. Da war sie noch Umweltministerin gewesen.

Das Arbeitszimmer wurde fast nie genutzt, es hatte einen eher symbolischen Charakter. In seiner ganzen Schlichtheit stand es für die Idee, dass sich die Kanzlerin als Mensch treu geblieben war. Sie war immer eine bescheidene Person gewesen, hatte immer einfach gelebt, und schon oft hatte sie sich mit großem Vergnügen vorgestellt, wie sie, die mehrfach im Weißen Haus zu Gast gewesen war, den US-Präsidenten in so einem Zimmerchen zum Tee empfangen würde. »Pfefferminze oder Fenchel?«, würde sie den US-Präsidenten fragen. »Aber Moment, ich hab ja gar keinen zweiten Stuhl«, und dann würde sie in die Küche gehen, wo sich die muskulösen Sicherheitskräfte auf den Füßen standen, und sie würde höflich um ein Höckerchen bitten.

Hierhin also, in das kleine Arbeitszimmer, begab sich die Kanzlerin an diesem Nachmittag. Sauer war nicht zu Hause, das war gut so. Sie holte den Laptop aus dem Wohnzimmer. Dann entkorkte sie den Aarhuser Riesling, füllte ein Glas bis zum Rand und stellte es neben den Laptop auf den Tisch. Sie öffnete ein neues Word-Dokument und nahm einen Schluck Weißwein. Und noch einen. Und dann noch einen. Und stellte fest: Sie wusste nicht, wie sie anfangen sollte, sie hatte ja gar keine Übung im Schreiben.

Überhaupt hatte die Kanzlerin ein komisches Verhältnis zur Sprache, das hatten ihre Biografen auch schon bemerkt. Denn vor der Wende hatte sie immer sehr offen und direkt kommuniziert, frei von der Leber weg sozusagen. Doch hatte sie als Ministerin in Bonn rasch bemerkt, dass sie an ihrer Sprache arbeiten musste. Sie machte Fehler. Sie gab sich Blößen. Ständig musste sie irgendetwas dementieren, das sie, ohne nachzudenken, von sich gegeben hatte. Also hatte sie sich im Lauf der Jahre eine Umständlichkeit zugelegt, die ihrer Sache dienlicher war. Die eigene Sprache hatte sie dabei verloren, fiel nur dann und wann, wenn sie sich sicher wähnte oder nicht aufpasste, in die alte Flapsigkeit zurück. Aber war es wirklich so falsch, auszusprechen, was einem durch den Kopf ging? Nein, dachte sie. Um jetzt, in dieser besonderen Situation, ein Zeichen zu setzen, musste sie ein Stück Unmittelbarkeit zurückgewinnen. Bloß wie?

Sie nahm einen weiteren Schluck. Sie stand auf. Sie beschloss, Musik anzumachen. Sie schaute die CDs durch, die auf dem Boden lagen. Nicht die Große Richard-Wagner-Opernbox wollte sie jetzt hören, sondern Mozart. Das Klarinettenkonzert. Den langsamen Satz. Sie setzte sich wieder an den Tisch. Die Musik setzte ein. Sie spürte den Mozart und den Wein. Sie schrieb ein paar Sätze auf, die ihr so einfielen. »Die meisten von uns kennen den Zustand völliger Erschöpfung nicht«, schrieb sie. »Sie wissen nicht, wie es ist, auf der Flucht zu sein und Angst zu haben. Angst um die Kinder. Angst um die Partner.« Sie las sich durch, was sie geschrieben hatte, und machte weiter: »Menschen, die sich aus Eritrea, Syrien oder dem Nordirak auf den Weg machen, müssen viele Dinge aushalten, die uns wahrscheinlich zusammenbrechen ließen.« Sie erhob sich und drückte auf die Rücklauftaste, um das Adagio erneut zu hören. Sie nahm einen weiteren Schluck. »Deshalb müssen wir beim Umgang mit den Menschen, die jetzt zu uns kommen, klare Grundsätze gelten lassen.

Diese Grundsätze entstammen unserem Grundgesetz, unserer Verfassung.«

Die Kanzlerin dachte nach über das, was sie in Heidenau erlebt hatte, dachte an die Frau, die sie beschimpft hatte, und sie schrieb von denen, die »mit ihren Hassgesängen zu Demonstrationen aufrufen. Zu oft ist Kälte, ja sogar Hass in ihren Herzen«, und während sie von Kälte, Hass und Herzen schrieb, nickte sie zufrieden. Oft genug war ihr vorgeworfen worden, sie habe keine Gefühle – und es tat ihr gut, gerade in dieser Angelegenheit, die emotional so aufgeladen war, die entsprechenden Worte zu finden. »Na, bitte«, sagte sie sich, »ich kann's ja doch!«

Ein letztes Mal ging sie zum Anfang des Adagios zurück, ein letztes Mal ertönten die lieblichen Klänge des Klarinettenkonzerts. »Daaa-da-da-da-da«, sang die Kanzlerin mit und schrieb: »Trotzdem ist Deutschland kein schlechtes Land. Die große Mehrheit ist weltoffen, die Wirtschaft ist stark, und wenn so viele Menschen so viel auf sich nehmen, um ihren Traum von einem Leben in Deutschland zu erfüllen, dann stellt uns das nicht das schlechteste Zeugnis aus. Die Welt sieht Deutschland als ein Land der Hoffnung und der Chancen, und das war nun wirklich nicht immer so.«

Die Kanzlerin bemerkte, dass das Schreiben etwas mit ihr machte. Wäre sie, die nie Zeit gehabt hatte, sich mit ihrem Inneren auseinanderzusetzen, tiefenpsychologisch geschult gewesen, dann hätte sie gewusst, was genau da passierte. Sie sublimierte. Sie verwandelte die Frustrationen der vergangenen Monate in schöpferische Energie. Sie schrieb eine kraftvolle und, ja, emotionale Rede, die in der Aufforderung gipfelte, die Deutschen sollten sich der Aufgabe, die Flüchtlinge willkommen zu heißen, gewachsen fühlen. Der Mozart war verklungen, der Riesling geleert, der Abend schon angebrochen, als die Kanzlerin die Rede ins Kanzleramt schickte. Sie legte sich angezogen aufs Bett. Bevor sie einschlief, rief sie sich noch einmal den schönsten Satz in Erinnerung: »Wir schaffen das, und wo uns etwas im Wege steht, muss es überwunden werden.« Und sie dachte: »Das ist gut. Das ist richtig gut.«

Ein paar Tage später schlug die Kanzlerin ihrem Mann vor, essen zu gehen. »Zum Griechen«, sagte sie.

»Zum Griechen in Charlottenburg?«, fragte Sauer.

»Ja«, sagte die Kanzlerin, »zum Griechen in Charlottenburg.«

Sie waren lange nicht dort gewesen. Während der Griechenlandkrise hatten die Griechen immer wieder gegen die deutsche Politik demonstriert. »Merkel raus«, hatten sie gerufen und Bilder der Kanzlerin mit aufgemaltem Hitlerbärtchen durch die Straßen getragen. Die Kanzlerin hatte die Demonstrationen im Fernsehen gesehen und, angesichts der emotional aufgeladenen Situation, nicht ein Lokal besuchen wollen, in dem sie der griechische Besitzer stets mit einer tiefen Verbeugung begrüßte. Nur eines einzigen Leserreporters hätte es bedurft, und die Fotos der deutschen Kanzlerin mit dem bückelnden Wirt wären in allen Medien gewesen: *Merkel und ihr Hausgrieche.* Oder noch schlimmer: *So hat die Kanzlerin den Griechen gern.*

Aber die Griechenlandkrise war in der öffentlichen Wahrnehmung von der Flüchtlingskrise verdrängt worden. Sie war durch die Flüchtlingskrise sogar völlig in Vergessenheit geraten. Kein Mensch redete mehr über Spardiktate oder Schuldenerlässe, es war, als seien sämtliche Not leidenden Griechen – die Witwen ohne Renten, die Beamten ohne Stellen, die Studenten ohne Hoffnung – in einem schwarzen Loch verschwunden. Es gab keinen Grund mehr, einen Bogen um jenes Restaurant zu machen, in dem sich Sauer so wohlfühlte wie in keinem anderen. Und der Kanzlerin war wichtig, dass sich Sauer wohlfühlte. Sie war an diesem Abend auf einen fröhlichen Sauer angewiesen. Sie benötigte seinen Rat.

»Bist du fertig, Achim?«, rief die Kanzlerin nun. Sie stand im Flur und musste noch ein paar Textnachrichten beantworten. »Hast du einen Tisch gebucht? Und gibst du den Sicherheitsleuten Bescheid, dass wir zum Griechen gehen?«

Sauer putzte sich die Zähne. »Ist deine Aufgabe«, gab er mit vollem Mund zurück.

Die Kanzlerin steckte das Telefon weg. Muss denn immer ich?, dachte sie. Aber sie wollte nicht streiten. Sauer war nun mal der Meinung, dass er den zusätzlichen Aufwand, den ihre Kanzlerschaft mit sich brachte, nicht mittragen müsse. »Bin ich die Bundeskanzlerin, oder bist du's?«, hatte er in ähnlichen Situationen gesagt – und argumentiert, dass *er* überall in Berlin hingehen könne, ohne eine einzige Vorkehrung zu treffen. Womit er auch wieder recht hatte.

Der Grieche befand sich in einer ruhigen Wohnstraße,

ein paar Schritte weg vom Kurfürstendamm. Die Kanzlerin hatte dort ihren festen Platz. Sie saß stets links vorne, mit dem Rücken zur Wand, unter einer Art Mosaik, zusammengesetzt aus lauter Prominentenporträts. Da hingen Alfred Hitchcock und Konrad Adenauer, Steve Jobs und Klaus Wowereit. Die Kanzlerin musste, wenn sie den Griechen in Charlottenburg besuchte, immer unter dem eigenen Porträt sitzen. Das war ihr ein bisschen unangenehm. Aber der Wirt hatte darauf bestanden, dass die Kanzlerin und ihr Porträt zusammengehörten – und es wäre ja auch seltsam gewesen, wenn sie am Nebentisch unter Fidel Castro gesessen hätte.

Das Kanzlerinnenpaar fuhr mit zwei Wagen vor. Im einen saßen die Kanzlerin und ihr Mann sowie ein Personenschützer, im anderen folgten drei weitere Personenschützer. Sie stiegen aus. Sie traten ein. Der Wirt kam der Kanzlerin entgegen. Er verbeugte sich dieses Mal nicht, sondern reichte ihr die Hand und schaute ihr bedeutungsvoll in die Augen, die andere Hand legte er ihr auf den Arm. Eine seltsam feierliche Geste war das, dachte die Kanzlerin. Bedankte sich der Wirt dafür, dass sie nach langer Abwesenheit wieder sein Restaurant besuchte? Oder ging es um etwas anderes? Womöglich hatte der Wirt von ihrem Besuch in Heidenau erfahren und wollte ihr Mut machen. Gerne hätte sie ihn dazu befragt, doch Sauer war schneller. »Zweimal die Keftedes vom Grill«, sagte er noch im Stehen, »meine Frau nimmt den Pinot Grigio, einen Deziliter, bitte, und ich nehme 0,2 vom Chianti aus Arezzo. Danke!«

Der Wirt verbeugte sich, und der kurze Augenblick, in

dem ihn die Kanzlerin hätte ansprechen können, war vorüber. Wortlos wartete das Ehepaar, während die Personenschützer der Form halber unter Stühle und Sitzbänke schauten, mit den Fingern über die weißen Tischdecken fuhren, drei oder vier Prominentenporträts abtasteten und der Kanzlerin und ihrem Mann schließlich erlaubten, sich zu setzen.

Sauer räusperte sich, und der Kanzlerin fiel ein, dass er heute mit Reden dran war. Es galt zwischen ihnen nämlich die Abmachung, dass sie die gemeinsamen Abendessen nutzten, um einander wechselweise zu erzählen, woran sie gerade arbeiteten. An einem Abend erzählte die Kanzlerin von G8-Gipfeln und Konsultationen des Nahost-Quartetts, am nächsten erzählte Sauer von seinen oft mühsamen Bestrebungen, Fördergelder für wissenschaftliche Projekte einzutreiben.

Die Kanzlerin hatte diese Aufteilung selbst vorgeschlagen. Sie wusste, wie sehr Sauer darunter litt, dass ihrer Tätigkeit mehr Bedeutung beigemessen wurde als seiner. Egal wohin er ging, wurde er auf seine Eigenschaft als Kanzlerinnengatte angesprochen. Als hätte er – der Professor für Physikalische und Theoretische Chemie an der renommierten Humboldt-Universität – keine eigene Identität. Die Kanzlerin hielt es um der Ehe willen für wichtig, dass sie ihren Mann als Wissenschaftler ernst nahm. Manchmal sagte sie ihm deshalb auch, ihr Job als Kanzlerin mache zwar auf dem Papier mehr her, doch sei seine Forschung langfristig genauso wichtig für die Menschheit.

»Also«, sagte Sauer nun. »Ich hab mich in letzter Zeit ziemlich viel mit den Reinhart-Kosseleck-Projekten rumgeschlagen, du weißt ja, diese Ab-initio-Berechnung freier Energien für Molekül-Oberflächen-Wechselwirkungen«, und er begann, ohne Umschweife zu erzählen, was es mit dem Projekt auf sich habe und wer wie viel dazu beitrage und auf welche Weise er die weitere Finanzierung sicherstellen wolle, wenn die DFG-Förderung auslaufe.

Die Kanzlerin versuchte, sich auf Sauers Worte zu konzentrieren. Aber sie hatte so viele andere Dinge im Kopf. Während sie hier beim Griechen in Charlottenburg saß und auf ihren Deziliter Pinot Grigio wartete, waren Hunderttausende auf der Balkanroute unterwegs. Viele saßen in Budapest fest, der Regierungssprecher hatte ihr die Videos auf YouTube gezeigt. Im Untergeschoss des Budapester Ostbahnhofs, wo Tag und Nacht die grellen Neonleuchten brannten, campierten sie auf dem nackten Steinfußboden. Sie schliefen auf Isomatten und in Igluzelten. Die rechtspopulistische Regierung hinderte sie an der Weiterreise, sie wollte, dass die Welt sah, wohin es führt, wenn man Flüchtlinge ins Land lässt. Müll. Lärm. Untergang des Abendlands.

Und fast alle, die im Untergeschoss des Budapester Ostbahnhofs zelteten, hatten Deutschland als Ziel – wahrscheinlich weil die überforderten deutschen Behörden irgendwann erklärt hatten, man werde das Dublin-Verfahren aussetzen und unregistrierte Syrer nicht mehr in die EU-Länder zurückschicken, in denen sie angekommen waren. Jedenfalls schwenkten die Flüchtlinge in Budapest schwarz-rot-goldene Fahnen und riefen den Namen der Kanzlerin, der, arabisch ausgesprochen, klang wie das englische Wort für Wunder. Sie riefen: »Miracle, Miracle,

Miracle«, und die Kanzlerin, die derart um Hilfe gebeten wurde, konnte nicht anders, als auch ein bisschen gerührt zu sein.

Der Wirt brachte die Getränke an den Tisch. Den Chianti für Herrn Professor Dr. Sauer, den Weißburgunder für die Bundeskanzlerin. »Prost, Frau Kanzlerin«, sagte Sauer ironisch. Er hob das Glas. Er nahm einen Schluck. »Sehr gut«, befand er, und sagte dann: »Ich muss überlegen, ob ich diese Ab-initio-Sachen beim *Journal of Physical Chemistry* unterbringe, wobei man noch sehen müsste, wer da als Erstautor genannt wird, der Norbert Bode und die Claudia Augenthaler haben sich ja beide sehr aktiv eingebracht. Und ich wär' natürlich der Letztautor.«

Die Kanzlerin beobachtete Sauer beim Reden. Aber sie hörte nicht mehr auf das, was er sagte. Was war aus ihm geworden? Wo war er hin, der brillante Kopf, der sich nicht bloß für Fördergelder interessiert hatte, sondern für Geschichte, Politik und Kultur? Der Mann, mit dem sie ihre Liebe zur USA geteilt hatte? Ein paar Monate nach dem Mauerfall waren sie gemeinsam nach Kalifornien geflogen und hatten sich am ersten Abend in den Sand gesetzt, die unendliche Weite des Pazifischen Ozeans vor sich. Die Sonne war irgendwann untergegangen, der Himmel hatte in ihrem Abglanz geleuchtet, und sie waren noch lange sitzen geblieben, einander an den Händen haltend, und hatten im Wechsel sämtliche US-Präsidenten seit George Washington aufgezählt. Eine schöne Erinnerung war das, die Kanzlerin lächelte.

Noch in den ersten Jahren ihrer Kanzlerschaft hatte sie sich ihm nahe gefühlt und ihn oft um Unterstützung gebeten. Er war es, der ihr empfohlen hatte, die Methodik der empririschen Forschung zu ihrem Modus Operandi zu machen. Die Idee, dass man mit Trial-and-Error-Prozessen Politik machen könne, stammte von ihm. Ebenso der Vorschlag, in Interviews die Wissenschaftlichkeit ihrer Arbeitsweise hervorzuheben. Die Erhaltungssätze für Energie und Impuls. Die Brownsche Molekularbewegung. Auch die gelungene Formulierung, dass sie, die gelernte Physikerin, die Dinge vom Ende her denke. All das hatte sie ihm zu verdanken.

Doch je länger die Kanzlerin im Amt gewesen war, desto mehr hatte sich Sauer aus seiner Rolle als Ratgeber zurückgezogen. Vielleicht war sie auch nicht mehr so auf ihn angewiesen. »Fast lebenswichtig« seien die Gespräche mit ihrem Mann, hatte sie in einem Fernsehinterview gesagt, und er, der sonst kaum Fernsehen schaute, hatte, als habe er einen Sensor, genau diesen einen Satz erhascht. Und beleidigt gefragt: »Warum nur fast?«

Und dann musste sie auch gleich an die Freiheitsmedaille denken, die höchste zivile Auszeichnung der Vereinigten Staaten. Als sie diese in Washington verliehen bekam, durften alle dabei sein: die Mitarbeiter und die Journalisten, die Minister und die Ministerpräsidenten. Sogar ein bekannter Fernsehmoderator kam. Und nur Sauer hatte erklärt, er müsse leider noch zu einer Konferenz in Chicago und stoße womöglich erst zum Nachtisch dazu.

Als die Kanzlerin dann ihre Dankesrede hielt – sie sprach über die Fesseln der Tyrannei –, saß Sauer, soeben aus Chicago eingetroffen, mit dem Rücken zu ihr und drehte sich nicht ein einziges Mal um. Dabei war ihr doch wichtig, dass gerade er zuhörte. Konnte er sich denn gar nicht darüber freuen, dass sie, die ehemalige DDR-Bürgerin, die Freiheitsmedaille der Vereinigten Staaten verliehen bekam? Er war doch ihr Ehemann, ihr Mitstreiter, ihr Zeuge, und sie hätte sich so sehr gewünscht, dass er gratulierte und ihr bestätigte, dass sie die Auszeichnung auch wirklich verdient habe.

Mittlerweile standen die Keftedes auf dem Tisch. Das waren die griechischen Hackbällchen, die sich nicht wesentlich von Berliner Buletten unterschieden und bloß 14,90 Euro kosteten – weit weniger als die anderen Hauptgerichte auf der Karte. »Ein guter Preis«, pflegte Sauer zu sagen, und dass man für das »tolle Ambiente« ja zum Glück nicht mitzahlen müsse, und dabei meinte er den riesigen Raum, in dessen Mitte ein üppiges Vorspeisenbuffet stand. Und die dunklen Edelholzregale mit den teuren Weinen. Und die abstrakten Gemälde, die an den ockerfarbenen Wänden hingen.

»Guten Appetit«, wünschte Sauer und redete weiter. Er sprach mit ihr, als sei sie immer noch die bienenfleißige, aber nicht eben geniale Mitarbeiterin der Akademie der Wissenschaften, die sich glücklich schätzen durfte, ihm, dem älteren Kollegen, beim Denken zuzuhören. Da fand die Kanzlerin plötzlich, dass sie mehr als genug für seinen Stolz getan hatte. Sie machte ihm morgens Frühstück, sie buk für ihn Pflaumenkuchen. Selbst der Besuch beim Griechen war ein Gefallen. Denn die Kanzlerin, die sich immer den Anschein gab, als möge sie bloß Buletten und Kartoffelsuppe, wusste gutes Essen sehr wohl von schlechtem zu unterscheiden, das brachte ihre Position mit sich.

Mit dem japanischen Premier hatte sie bestes Kobe Wagyu Beef gegessen, im Élysée-Palast gab es Trüffeln aus dem Périgord, im Kreml Kaviar aus dem Kaspischen Meer. Von daher war ihr völlig klar, dass der Grieche in der Grolmanstraße nicht so exzellent war, wie Sauer glaubte. Dass die Vorspeisen viel zu fettig und die abstrakten Gemälde beliebig und geschmacklos waren, und dazu die dickbrüstigen Frauenfigürchen im Stil dieser Niki de Saint Phalle, die zwischen Artischocken und Fünf-Liter-Flaschen und Plastikblumen herumstanden. Nein, der Grieche hatte keinen Stil, er war vulgär, er war ganz West-Berlin-der-1980er. Als ginge es immer noch darum, den Ostberlinern auf Teufel komm raus zu zeigen, wie gut man auf der anderen Seite der Mauer lebte.

Ungeduldig trommelte die Kanzlerin mit den Fingern auf den Tisch. Sollte sie Sauer jetzt einfach mal sagen, dass sie den Griechen nicht mochte? Und dann die Gelegenheit nutzen und klarstellen, dass seine Tätigkeit – ganz objektiv betrachtet – nicht die gleiche Bedeutung hatte wie die ihrige? Herrgott, dachte sie, ich könnte, wenn ich denn wollte, die ganzen Forschungsgelder für die Wissenschaften so zusammenstreichen, dass er für seine Ab-initio-Berechnungen keinen Cent mehr kriegt!

Die Kanzlerin hatte sich, während sie derart böse Dinge dachte, im Raum umgeschaut und gar nicht bemerkt, dass Sauer nichts mehr sagte.

»Ist irgendwas?«, fragte er schließlich. Dabei sah er sie so freundlich an, dass sie ein schlechtes Gewissen bekam. Er musste wohl *doch* bemerkt haben, dass sie etwas quälte. Dass sie seinen Rat benötigte. Sie hatte ihm unrecht getan.

Und da spürte sie auch gleich die alte Zuneigung wieder, das Bedürfnis, sich in schwachen Momenten bei ihm anzulehnen und helfen zu lassen. Wie damals bei ihrer Doktorarbeit, die er Wort für Wort durchgegangen war. Sie holte Luft. Sie wusste gar nicht, wo sie anfangen sollte – so groß und bedeutend und historisch erschienen ihr die Dinge, zu denen sie ihn befragen wollte.

Ja, sie würde sich Sauer anvertrauen. Sie würde ihm erzählen, was sie bei der Sommerpressekonferenz sagen wolle. Und dass sie vorhabe, ihren Worten Taten folgen zu lassen. Sie beabsichtigte nämlich, etwas wirklich Humanitäres zu tun, das über die üblichen Gesten hinausging. Dazu hatte sie sich in den letzten Tagen durchgerungen. Bloß wusste sie noch nicht, was genau das sein würde, und sie wollte auch nichts anstoßen, über dessen Konsequenzen sie nicht hinreichend nachgedacht hatte. Sie brauchte noch Zeit. Viel Zeit. Also bestellte sie erst einmal ein Tiramisu nach Art des Hauses und sagte: »Ich muss dich in einer wichtigen Sache um Rat fragen.«

Da straffte sich Sauer. »Moment«, sagte er streng, »ich bin noch nicht fertig.« Er fuhr mit seinem Monolog fort. Als er nach einer halben Stunde endlich ausgeredet hatte, hob er die Hand und rief: »Die Rechnung, bitte.«

Die Sommerpressekonferenz fand am letzten Augusttag statt. Die Kanzlerin trug den leuchtend roten Blazer, den sie gewöhnlich für sehr festliche Anlässe aufhob. (Besuch der Queen. Siegesfeiern nach Wahlen. Ausscheidungsspiele bei Fußballweltmeisterschaften.) Eine Viertelstunde lang sprach sie, hielt die Rede, die sie mithilfe des dänischen Rieslings und des Klarinettenkonzerts von Mozart komponiert hatte. Es war eine gute Rede, wie sie fand. Klar im Stil, stark im Gefühl und von der Büroleiterin zum Glück nur geringfügig redigiert. »Wir schaffen das«, sagte sie. »Ja, wir schaffen das, und dort, wo uns etwas im Wege steht, muss es überwunden werden.«

Doch war die Kanzlerin, noch während sie die Rede hielt, von der Wirkung enttäuscht. Die Rede schien nicht das auszulösen, was sie sich erwartet hatte. Scheinbar unbeeindruckt stellten die Journalisten ihre ermüdenden Fragen. Vielleicht hätte sie einen anderen Anlass wählen sollen, eine Fernsehansprache oder einen Auftritt vor großem Publikum. Vielleicht auch hätte sie das, was ihr wichtig war, stärker herausstellen sollen, denn sie hatte, ihrem Naturell entsprechend, auch über technische Fragen gesprochen, über Brandschutzanforderungen bei der Verwendung von Bundesliegenschaften für Flüchtlinge. Ja, vielleicht war ihre Ansprache auch gar nicht so mutig. »Wir schaffen das«, das waren letztendlich auch nur Worte.

Anderthalb Stunden waren vergangen, unzählige Fragen beantwortet – und die Kanzlerin hoffte immer noch, dass etwas Besonderes passieren würde, was auch immer, und fühlte sich dabei wie ein enttäuschter Partygast, der sich zu später Stunde nicht durchringen kann, nach Hause zu gehen. Da also fragte ein Journalist, wie die Kanzlerin zum Jugendwort des Jahres 2015 stehe. Die Kanzlerin hatte keine Ahnung, worum es sich handelte. Sie musste improvisieren, sagte, es gebe jedes Jahr so viele Worte des Jahres, dass sie den Überblick verloren habe, und die meisten dieser Worte gehörten auch gar nicht in ihren Wortschatz, weshalb sie in dieser Hinsicht ganz emotionslos sei. Was für eine seltsame Frage!, dachte sie noch. Aber als sie kurz darauf in ihr Büro zurückkehrte, schaute sie, im Fahrstuhl stehend, das Jugendwort auf ihrem Tablet nach. Ein Verb war es: »Merkeln«. Und stand für: »Dinge lange hinauszögern, sich nicht äußern, nichts tun.«

Dann brach der September an. In Budapest saßen die Flüchtlinge immer noch fest, nun schon seit Wochen, die Zeit schien stillzustehen, und die Kanzlerin, die sich vorgenommen hatte, in der Sache tätig zu werden, tat nichts. Gar nichts. Sie fragte sich: »Merkel ich? Oder merkel ich nicht?«

In der Morgenlage (der Besprechung im Kanzleramt) schlug sie eine Reise nach Budapest vor. Spontan wolle sie hin, sagte sie. Um sich ein Bild von der Situation dort zu machen. Also einfach so und ohne großen Hintergedanken – und noch während sie die Reise vorschlug, war sie schon nicht mehr sicher, ob die Idee, die sie nachts um drei, aus dem Fenster schauend, ganz wunderbar gefunden hatte, wirklich so wunderbar war.

»Und dann?«, fragte die Büroleiterin mit der ihr eigenen Strenge.

»Dann«, sagte die Kanzlerin, »entscheide ich vor Ort, was zu tun ist. Vielleicht tu ich auch nichts.«

Sie blickte in die Runde. Niemand meldete sich. Also bat sie den Kanzleramtschef, von dem sie am ehesten Zuspruch erwartete, um seine Meinung.

Der Kanzleramtschef sagte, er fände so eine Reise vom Ansatz her sehr spannend.

Der Regierungssprecher sagte, wenn man nicht wisse, was man wolle, müsse man im Vorfeld sehr genau überlegen, wie man das kommunikativ begleite.

Die Büroleiterin sagte: »Bloß weil jemand Ihren Namen ruft, Frau Merkel, müssen Sie nicht gleich hinfahren.«

Also fuhr die Kanzlerin nicht nach Budapest. Sie ging in ihr Büro. Sie wies das Vorzimmer an, das vereinbarte Telefongespräch mit dem griechischen Ministerpräsidenten um eine Stunde zu verschieben. Sie ließ sich einen Verveine-Tee kommen. Sie hatte die Angewohnheit, Verveine-Tee zu trinken, wenn sie mit sich haderte. Sie blätterte noch einmal die umfangreiche Mappe durch, die man ihr zur Flüchtlingskrise zusammengestellt hatte. Statistiken, Infografiken, Reportagen, aber auch historische Analysen fanden sich darin. Vergleiche der aktuellen Migrationsströme mit Flucht und Vertreibung im Jahr 1945. Und mit der Auswanderungswelle im 19. Jahrhundert.

Die Kanzlerin erkundigte sich im Vorzimmer, ob die Völkerwanderung schon eingetroffen sei.

»Die Völkerwanderung?«, fragte das Vorzimmer.

»Das Buch zu den germanischen Wanderbewegungen«, sagte die Kanzlerin, und weil sie merkte, dass sie ungeduldig klang, fügte sie bemüht freundlich hinzu: »In der Spätantike.«

Die Völkerwanderung wurde gesucht und gefunden. Die Kanzlerin schlug das Buch auf und las: »Seit zwei Jahren suchten Tausende von plündernden Goten Mösien und

Thrakien heim …« Sie legte das Buch wieder weg. Das half ihr jetzt nicht weiter. Sie nahm einen Schluck Verveine-Tee. Sie starrte ins Leere. Sie ließ lange Minuten verstreichen, hörte gedämpfte Stimmen im Vorzimmer. Dann wurde es so still, dass sie meinte, das Rauschen der Klimaanlage zu hören. Sie fand, das Rauschen der Klimaanlage im Kanzleramt sei eine schöne Metapher. Aber wofür stand die Metapher? Für das Nichtstun? Für das Hinauszögern einer großen Entscheidung? Und dann musste sie wieder an diese alte Geschichte denken, die ihre Biografen so oft zitierten. Sie erhob sich. Sie ging zum Büroregal, wo die Biografien in einer Reihe standen, eine ganze Bibliothek der Merkel-Literatur, geordnet nach Erscheinungsdatum, von rechts nach links. Sie schlug die besagte Geschichte nach. Bei Langguth. Bei Heckel. Bei Roll. Dann ging die Kanzlerin zum Schreibtisch zurück und ließ sich mit dem griechischen Ministerpräsidenten verbinden.

Sie steht auf dem Drei-Meter-Brett. Sie schaut hinab. Die ganze Stunde habe sie Zeit für den Sprung, hat der Sportlehrer gesagt. Die Mitschüler sitzen am Beckenrand und beobachten sie. Machen sie sich lustig? Nein. Trotzdem will sie lieber sofort springen als später. Aber sie traut sich nicht. Der Sportlehrer steigt die Leiter hoch, stellt sich hinter sie. Er sagt, sie solle keine Angst haben, er werde sie zu nichts zwingen. Sanft schiebt er sie ans äußerste Ende des Sprungbretts, dahin, wo es gefährlich wippt. Er rät ihr, nicht nach unten zu schauen, sondern in die Wolken, und dann einen Schritt ins Leere zu tun. Also schaut sie in die Wolken. Ein Raubvogel kreist da oben. Ein Milan wahrscheinlich. Oder ist es ein Mäusebussard? Der Sportlehrer steigt die Leiter wieder hinunter. »Dann halt nicht«, sagt er enttäuscht, die Mitschüler lachen nun doch. Sie beugt die zitternden Knie, geht fast in die Hocke, um zum Sprung anzusetzen. Nein. Sie steht wieder aufrecht. Sie schüttelt den Kopf.

Gesprungen war sie dann wirklich erst, als die Stunde zu Ende ging. Ein halbes Jahrhundert lag das nun zurück, und die Kanzlerin (die sich an so vieles nicht erinnern konnte, ganze EU-Gipfeltreffen völlig ausgeblendet hatte und meinte, manchem osteuropäischen Staatschef oder afrikanischen Diktator nie begegnet zu sein, obwohl die Termine in Wort und Bild festgehalten waren) hatte die Schwimmstunde in Templin nicht vergessen. Ja, manchmal hatte sie den Leuten sogar selbst davon erzählt. Als sei dieser Sprung nun etwas gewesen, auf das sie besonders stolz sein könne. Sie hatte gesagt, dass sie für bestimmte Dinge mehr Zeit brauche als andere und sich zu nichts zwingen lasse, das sie nicht reiflich überlegt habe. Und ihre politische Karriere ebendieser Geduld verdanke, dem Willen, wenn nötig, abzuwarten und Entscheidungen erst zu treffen, wenn sie innerlich bereit sei.

Aber nun, da sie noch einmal an die alte Geschichte zurückdachte, fragte sie sich doch: Warum war sie eigentlich so spät gesprungen? War es rühmlich, eine Dreiviertelstunde auf einem Sprungbrett zu stehen und mit sich zu ringen? Musste ihr denn alles Mühe machen? Die Kanzlerin sehnte sich mit einem Mal danach, dass ihr die Dinge leichter von der Hand gingen. Das Zögern war ja nicht *per se* erstrebenswert, so dachte sie, der Prozess, den sie bei großen Entscheidungen durchlief, immer wieder fordernd und schmerzlich.

Ein berühmter Schriftsteller – sie war ihm vor Kurzem auf der Frankfurter Buchmesse begegnet, als sie diese eröffnete – hatte ihr erzählt, wie er jahrelang an einem großen Werk gearbeitet habe, das von den Kritikern einmütig verrissen worden sei. Und der bekannteste Kritiker von allen habe geschrieben, es lohne sich nicht, auch nur eine einzige Seite darin zu lesen. Danach, so sagte der Schriftsteller, habe er innerhalb weniger Wochen und ohne jede Anstrengung einen kleinen Text geschrieben, eine Novelle nur, die sich im Nachhinein aber als sein bestes und erfolgreichstes Buch erwiesen habe. Die Kanzlerin, die nach Berlin zurück musste, hatte leider keine Zeit gehabt, den Schriftsteller zu fragen, ob er sich die Leichtigkeit dauerhaft habe erhalten können oder ob ihm die folgenden Werke dann wieder Probleme bereitet hätten. Gerne hätte sie noch mehr über diese schöne Leichtigkeit gewusst.

Der Kanzlerinnenalltag, durchgetaktet und langfristig geplant, ging weiter seinen gewohnten Gang. Während die Flüchtlinge im Untergeschoss des Budapester Ostbahnhofs immer ungeduldiger und wütender wurden, flog die Kanzlerin in die Schweiz. Sie wurde zur Ehrendoktorin der Universität Bern ernannt. »Eine große Ehre«, sagte sie, machte noch einen kleinen Spaziergang durch die Berner Altstadt und flog zurück nach Berlin. Sie schlief schlecht. Sie wachte früh auf, weil die Müllmänner die Tonnen polternd über den Hinterhof rollten. Sie ließ sich ins Kanzleramt fahren und saß allein in der Skylobby. Sie sah, wie über der menschenleeren Stadt die Sonne aufging. Sie flog nach München. Sie traf Start-up-Unternehmer. Sie bedankte sich für die Gelegenheit, die Start-up-Unternehmer treffen zu können. Sie besuchte eine Grundschule in Erlbach. Sie bedankte sich für die Gelegenheit, die Grundschule in Erlbach besuchen zu dürfen. Sie flog nach Essen. Sie trat im Kommunalwahlkampf auf. Sie sprach vage über künftige Herausforderungen, die es anzupacken gelte.

Dann stieg sie in einen Hubschrauber. Irgendwo zwischen Essen und Köln, in 150 Metern Flughöhe, sah sie auf ihrem Tablet die Bilder aus Ungarn. Etwa 1000 Flüchtlinge hatten den Budapester Ostbahnhof eigenmächtig verlassen. Sie marschierten auf dem Seitenstreifen der Autobahn, die von Budapest nach Wien führte. »Jetzt kommen sie!«, dachte die Kanzlerin – und wusste sogleich, dass sie keine Zeit mehr hatte. Sie konnte diese Leute nicht aufhalten, indem sie beispielsweise eine internationale Flüchtlingskonferenz organisierte. Oder eine hochkarätige Expertenkommission aus Politologen, Islamwissenschaftlern und Migrationsforschern zusammenstellte. Sie konnte auch nicht mehr die UNO einschalten oder die Gelder für die anderen Hilfsorganisationen aufstocken. Für all das war es zu spät. Nein, dieser Fußmarsch, der im Fernsehen schon als »March of Hope«

bezeichnet wurde, erschien ihr als etwas Kraftvolles, Unausweichliches, weltgeschichtlich Bedeutendes. Und er bewegte sich Schritt für Schritt auf Deutschland zu. Was sollte sie tun?

Die Kanzlerin schaute aus dem Fenster. Sie sah das Kleeblatt des Hildener Kreuzes. Die Kolonnen von winzigen Autos, die den Verkehrsregeln penibel folgten, aufeinander abgestimmt wie die ferngesteuerten Züge einer Märklin-Eisenbahn. Ringsum die flurbereinigten Nutzflächen. Die sorgfältig eingegrenzten Waldstücke. Die Dörfer mit den Einfamilienhäusern und den winzigen Gärten. Das türkisblaue Leuchten eines Swimmingpools. Und auf dem Tablet die Flüchtlinge. Der Kanzlerin fiel die Zahl wieder ein. 60 Millionen waren weltweit auf der Flucht. »60 Millionen«, sagte sie laut. Und sie hatte plötzlich Angst. Schreckliche Angst. Sie fragte sich: Was, wenn die jetzt alle zu uns wollen?

Die Angst ging so schnell, wie sie gekommen war. Denn die Kanzlerin war sich sicher, dass sie nichts tun konnte, um die marschierenden Flüchtlinge aufzuhalten, sie hatte keine Wahl – und da musste sie auch gleich an den anderen weltbewegenden Moment denken, den sie selbst erlebt hatte, und obgleich sie dachte: Das ist doch Quatsch! Das denkst nur du, und wenn nur du das denkst, dann tut es nichts zur Sache!, so sagte ihr Gefühl das Gegenteil, denn sie sah die Bilder deutlich vor sich. Die durch nichts zu stoppende Menschenmenge, die den Weg über die Grenze nahm, vorbei an Schlagbaum und Stacheldraht, vorbei auch an den Grenzsoldaten, die nicht einschritten, weil sie keine Anweisung hatten von ihren Chefs, den

Mitgliedern des Zentralkomitees, am Werderschen Markt stundenlang getagt hatten und ahnungslos nach Hause gefahren waren.

Und sie? Auch sie war ja in Berlin gewesen an jenem Herbstabend, an dem die Mauer fiel. In einer Sauna im Prenzlauer Berg hatte sie gesessen, danach mit einer Freundin ein Bier trinken wollen – und sich auf fast unangenehme Weise von Dingen überrumpelt gefunden, die sie nicht hatte kommen sehen. Vielleicht auch nicht hatte kommen sehen wollen. Jedenfalls nicht so plötzlich und ohne darauf vorbereitet zu sein.

Die Kanzlerin wollte der Erinnerung, die sich aufdrängte, nicht gleich nachgeben. Sie wollte nicht im Einzelnen durchgehen, was in ihr vorgegangen war, als sie, den Massen widerwillig folgend, zur Bornholmer Straße gelaufen war, die Grenzbrücke überquert, bei freundlichen, aber überheblichen Westberlinern im Wohnzimmer gesessen und irgendwann gesagt hatte, nun wolle sie aber zurück nach Hause, sie müsse morgens früh raus. Aber da war eben doch ein Gefühl geblieben, das sie ganz deutlich spürte. Ein Gefühl, so stark, dass es gar nicht trügen konnte. Das Gefühl nämlich, dass sie von der Weltgeschichte auf dem falschen Fuß erwischt worden war, und selbst wenn sie sich in den Monaten und Jahren danach gesammelt hatte und umorientiert, ja völlig neu erfunden, um im wiedervereinigten Land eine große Karriere zu machen, war ihr völlig klar, dass sie so etwas nie wieder durchleben wollte. Und dass es klüger war, Neues willkommen zu heißen, anstatt sich davon überwältigen zu lassen.

Die Überzeugung, dass man in einer immer enger zusammenrückenden Welt die Grenzen nicht einfach schließen könne, sollte die Kanzlerin noch mehrfach äußern in den kommenden Monaten. Nichts würde den Deutschen mehr Angst machen als dieser Satz. Die Kanzlerin aber hatte von diesem Moment an keine Angst mehr. Sie fühlte sich wie von einer schweren Last befreit. Der stellvertretende Büroleiter jedenfalls, der mit ihr reiste, fragte sich, warum sie die Micky-Maus-Kopfhörer, die dem Lärmschutz dienten, weggelegt hatte und, die Hände vorm Bauch zusammengeführt, heiter lächelte.

Der Hubschrauber landete in Köln. Die Limousine wartete schon. Die Kanzlerin ließ sich zur Flora fahren. Dort fand zum 70-jährigen Bestehen der nordrhein-westfälischen CDU eine Veranstaltung statt. Die Flora war das Festhaus des Botanischen Gartens, ein Wintergarten, gebaut im 19. Jahrhundert und blitzsauber renoviert, im Inneren mit magentafarbenen Neonröhren ausgeleuchtet. Ein rosiger Schimmer hatte sich auf die hohen Decken, die Kronleuchter und die weißen Köpfe der betagten Parteifreunde gelegt. Als die Kanzlerin ans Podium trat und sprach und dabei ins Licht schaute, da spürte sie die Leichtigkeit, nach der sie sich so lange gesehnt hatte. Endlich. Bevor sie die Flora verließ, um nach Berlin zurückzufliegen und noch am gleichen Abend eine weitreichende Entscheidung zu treffen, schloss sie mit den Worten: »Eine Feier ist gut. Aber von nun an wird wieder gearbeitet, und das kann ja auch Spaß machen.«

Obwohl sie keinen Alkohol getrunken hatte, wachte die Kanzlerin am nächsten Morgen, einem Samstag, mit dem Gefühl auf, ein rauschendes Fest hinter sich zu haben. Die Nacht im Kanzleramt war lang gewesen, und wenn die Kanzlerin nun, im Bett liegend, erschöpft und glücklich, daran zurückdachte, dann hatte sie das hell erleuchtete Kanzleramt noch vor Augen. Hatte die Stimmen der Leute, mit denen sie geredet hatte, noch im Ohr. Hatte die Reste eines gegen Mitternacht zu sich genommenen Energydrinks noch im Blut. Sie hätte jetzt tanzen können oder Mozart-Arien singen oder auf die Datsche in der Uckermark fahren und Unkraut jäten. Ihr Herz klopfte wie wild.

Nach und nach kamen ihr einzelne Bilder in den Sinn. Wie sie voller Vorfreude aus Köln zurückgekehrt war. Wie sich die Mitarbeiter um den langen Tisch versammelten und diskutierten. Wie sie in ihre Büros zurückkehrten, bloß um kurz darauf wieder zusammenzukommen. Und wieder. Und wieder. Und wie sich die verschiedensten Menschen auf den Fluren trafen und austauschten, lebhaft gestikulierend und in ständig wechselnden Konstellationen, als führten sie einen Reigen auf. Wie die Kanzlerin dann irgendwann, da mal wieder alle beisammen waren, den Social Media Analysten fragte, was zum Teufel er da eigentlich trinke. Und als der Social Media Analyst antwortete, es handle sich um Club-Mate, einen Energydrink, der ihm helfe, sich zu konzentrieren, sagte die Kanzlerin: »Ich glaube, das könnten wir jetzt alle ganz gut gebrauchen«, und sie schickte den Social Media Analysten los, am Hauptbahnhof einen ganzen Kasten Club-Mate zu kaufen.

Die Kanzlerin erinnerte sich auch daran, wie man die verschiedensten Fachleute aus den Betten geholt hatte, es war ein stetes Kommen und Gehen im Kanzleramt, und fast jeder, der neu dazustieß, fragte als Erstes: »Wo ist eigentlich der Außenminister?« »In Luxemburg.« »Ach so, und der Innenminister?« »Der ist krank.« Fast schon zu einer Art *running gag* war es geworden, dass ausgerechnet der Innenminister, dieser fleißige und gewissenhafte und ernsthafte Mann, an genau dem Abend, als die Regierung beschloss, die Grenzen zu öffnen, darniederlag, womöglich mit einem Thermometer im Mund und Zwiebelsocken an den Füßen, so malade, dass er kaum die Kraft hatte, ein Mobiltelefon ans Ohr zu führen und hineinzuflüstern.

Politik musste natürlich auch gemacht werden in dieser Nacht. Wichtige Gespräche wurden geführt, Kompromisse geschlossen, Pressemitteilungen formuliert, und irgendwann in der Früh stand schließlich der Beschluss, dass man die Flüchtlinge aus Ungarn nach Deutschland holen werde, eine Ausnahme natürlich, wie man sich im Kanzleramt immer wieder sagte, weil man ja nicht die ganze Welt aufnehmen könne – und trotzdem schienen alle, die an diesem Abend mitarbeiteten, sehr zufrieden mit der Entscheidung zu sein, vereint im Bewusstsein, dass man, auf eine humanitäre Notlage reagierend, etwas Gutes und Ungewöhnliches, ja vielleicht sogar etwas Historisches vollbracht hatte. Als die Kanzlerin um vier Uhr morgens einen letzten Schluck von ihrem Energydrink nahm, die Handtasche holte und zum Abschied winkte, da standen die verbliebenen Mitarbeiter spontan auf, um ihr Beifall zu klatschen.

Noch etwas fiel der Kanzlerin ein. Sie richtete sich mit einem Ruck im Bett auf. Denn diese Erinnerung bereitete ihr weniger Vergnügen. Sie hatte den bayerischen Ministerpräsidenten nur per SMS darüber informiert, dass die Flüchtlinge nach Bayern kommen würden. Der bayerische Ministerpräsident war übers Wochenende in sein Ferienhaus gefahren und dort nicht erreichbar gewesen. Natürlich hätte man – so sagte sich die Kanzlerin, immer noch aufrecht im Bett sitzend – einen Streifenwagen ins Schambachtal schicken können. Und wahrscheinlich hätten die Polizisten den bayerischen Ministerpräsidenten abends um zehn nicht einmal wecken müssen; sie hätten ihn im Hobbykeller angetroffen, wo er gewöhnlich das Telefon ausschaltete, um beim Spielen mit seiner Modelleisenbahn nicht gestört zu werden. Doch hatte die Kanzlerin, der Laune des Augenblicks folgend, entschieden, dass der bayerische Ministerpräsident für seine Erreichbarkeit selbst verantwortlich war. Vielleicht hatte sie ihn sogar bestrafen wollen, weil er an einem Tag, der von der Nachrichtenlage her schon früh versprach, in die Geschichte einzugehen, nichts Besseres zu tun hatte, als mit der Eisenbahn zu spielen (und mit jener Playmobilfigur, die er, das wusste die Kanzlerin aus den Medien, des reizlosen Topfschnitts wegen »Angela« genannt hatte).

Die Kanzlerin stand auf. Sie musste den bayerischen Ministerpräsidenten unverzüglich anrufen, völlig klar. Schon in ein paar Stunden würden die ersten Sonderzüge die bayerische Grenze erreichen, und es war gut möglich, dass er, im Schambachtaler Hobbykeller sitzend, immer noch nicht wusste, wer da, metaphorisch gesprochen, auf seiner

Türschwelle stand. Suchend lief sie durch die Wohnung. Wo ist mein Telefon?, fragte sie sich. Und wo ist Sauer? Ersteres fand sie in ihrer Handtasche, Letzterer hatte sich in sein Zimmer zurückgezogen, um zu arbeiten und – so vermutete die Kanzlerin – unter Beweis zu stellen, dass nicht nur sie an Wochenenden viel zu tun hatte. Soll er ruhig, dachte die Kanzlerin. Und begab sich ebenfalls auf ihr Zimmer, schloss die Tür.

Doch hatte sie, wenn sie ehrlich war, überhaupt keine Lust, mit dem bayerischen Ministerpräsidenten zu sprechen. Die Leichtigkeit, die sie empfand, war ja noch jung, erst einen halben Tag alt, um genau zu sein, und wenn es jemanden gab, der ihr die schöne Stimmung im Nu vermiesen konnte, dann war es der bayerische Ministerpräsident. Sie fürchtete sein beleidigtes Schweigen, seine divenhafte Empfindlichkeit. Er würde ihr wahnsinnig übelnehmen, dass sie ihn nicht informiert hatte, und sie befürchtete, dass sie, um ihn zu beschwichtigen, lauter Dinge tun müsse, die auf Kosten der neuen Leichtigkeit gehen würden. Aufmerksamkeit schenken. Zugeständnisse machen. Komplizierte Sprachregelungen finden.

Außerdem musste sie sich für das Telefonat umziehen. Sie trug noch ihr altes Nachthemd, DDR-Mode aus Karl-Marx-Stadt, mit längst verblassten Blümchenmotiven. Die Kanzlerin, die dieses Nachthemd sehr gemütlich fand, hatte sich, im Sinne einer Trennung von Privatem und Beruflichem, angewöhnt, keine Arbeitsgespräche darin zu führen. Sie hätte sich nicht wohl darin gefühlt. Aber war es wirklich so entscheidend, was sie beim Telefonieren anhatte? Ja, war es nicht in mancher Situation sogar von Vorteil, einen kniffligen Anruf im Nachthemd zu machen, anstatt sich ins staatstragende Korsett eines Hosenanzugs zu zwängen?

Die Kanzlerin entschied sich zu bleiben, wie sie war. Sie wählte die Nummer, und als sich der bayerische Ministerpräsident meldete – »Hallo Angela«, sagte er kühl –, wusste sie sogleich, dass er ihr heute nichts anhaben konnte. Knapp fasste sie die Ereignisse des vergangenen Abends zusammen. In Gesprächen sei man mit Österreich übereingekommen, dass man in einer Notsituation keine gewalttätige Auseinandersetzung an der Grenze riskieren wolle. Man habe dem Bundeskanzler des Nachbarlands Unterstützung zugesagt und beschlossen, die reisewilligen Flüchtlinge in Sonderzügen nach Deutschland zu holen. Natürlich sei man sich in Berlin bewusst, dass der daraus resultierende Zulauf gerade für den Freistaat Bayern eine Herausforderung darstelle. Doch habe es aufgrund der gegebenen Situation keine darstellbare Alternative gegeben. Im Übrigen sei man sich im Kanzleramt einig, dass die Aktion eine Ausnahme bleiben solle.

»Eine Ausnahme?«, fragte der bayerische Ministerpräsident.

Ja, eine Ausnahme, sagte die Kanzlerin, die Juristen hätten die Rechtslage geprüft und seien zum Schluss gekommen, dass die Dublin-Verordnung nicht bindend sei. Jedes Land könne so viele unregistrierte Flüchtlinge aufnehmen, wie es wolle, da gebe es keine Obergrenze. Aber natürlich verstehe sich von selbst, dass man nur in einer Ausnahmesituation zu einer solchen Maßnahme greifen würde. Mittelfristig könne Deutschland die Aufgabe, Leute aufzunehmen, nicht alleine schultern, an einer europäischen Lösung arbeite man bereits mit Hochdruck.

Der bayerische Ministerpräsident schwieg lange. Dann sagte er: »Ich glaube nicht, dass wir den Stöpsel wieder auf die Flasche kriegen, Angela.«

Die Kanzlerin schwieg nun ihrerseits, und wie sie so im Nachthemd in ihrem Zimmer stand und überlegte, was sie dazu sagen solle, fiel ihr Blick – apropos Flasche – auf den Aarhuser Riesling, den sie beim Schreiben getrunken hatte und der noch immer auf dem Mahagonitischchen stand. Sie lächelte. Normalerweise hätte sie versucht, den bayerischen Ministerpräsidenten umzustimmen. Aber ihr war einfach nicht danach. Sie wollte nicht mehr versuchen, Menschen, die anderer Meinung waren, mit mühselig recherchierten Fakten, Zahlen und Expertenmeinungen in die Knie zu zwingen. Also sagte sie unbekümmert: »Mach dir keine Sorgen, Horst, das schaffen wir schon.«

»Hm«, sagte der bayerische Ministerpräsident. »Aber dann kommen ja nicht nur die Syrer und die Afghanen, das weißt du, oder? Wenn du nämlich die Syrer und die Afghanen reinlässt, dann steht – verzeih die Formulierung – bald ganz Schwarzafrika vor der Tür.«

»Wir nehmen keine Wirtschaftsflüchtlinge auf«, sagte die Kanzlerin. »Das habe ich immer gesagt, und das kriegen wir auch hin.«

»Ich bin mir da nicht so sicher, Angela. Die Behörden sind überfordert, die nehmen nicht einmal mehr Fingerabdrücke. Ohne jetzt in die Details zu gehen: Wir bekommen das nicht unter Kontrolle.«

»Doch, bekommen wir«, beharrte die Kanzlerin. »Das geht schon.«

Als sich der bayerische Ministerpräsident etwa zehn Minuten später verabschiedete, hatte die Kanzlerin genau achtzehn Mal gesagt, dass man irgendetwas schaffen, bewältigen, meistern oder in den Griff bekommen werde, und der bayerische Ministerpräsident wirkte ermattet und verwirrt. Er hatte nicht einmal bemerkt, dass ihn die Kanzlerin mit der simpelsten Waffe der Rhetorik – der Wiederholung – zur Strecke gebracht hatte. Fast hilflos klang er, als er sagte: »Wir sehen das halt unterschiedlich.« Dann legte er auf. Die Kanzlerin nahm das Telefon vom Ohr und betrachtete es verwundert. Sie hatte sich das Gespräch schwieriger vorgestellt. Dann beschloss sie, ein bisschen Schlaf nachzuholen, die Siesta hatte sie wirklich verdient. Und das Beste war: Sie musste sich nicht einmal umziehen, um wieder ins Bett zu gehen.

Die Kanzlerin hatte zu Glück und Unglück immer eine klare Meinung gehabt. Sie war der Überzeugung, dass sich beides, gesamthaft betrachtet, die Waage hielt. Die Summe von Glück und Unglück ändere sich im Leben eines Menschen nicht, hatte sie oft gesagt, und um die schlichte These wissenschaftlich zu untermauern, die Erhaltungssätze zitiert. Das waren die physikalischen Gesetze, denen zufolge bestimmte Größen in geschlossenen Systemen stets erhalten bleiben.

Die Überzeugung, dass Glück und Unglück unvermeidlich aufeinanderfolgen, dass man also sein Glück mit Unglück bezahlt und für Unglück mit Glück belohnt wird, hatte der Kanzlerin in Krisen (und von denen hatte es ja einige gegeben) sehr geholfen. Sie vertraute einfach darauf, dass sich irgendwann wieder etwas Gutes tun würde, und meist kam es dann auch so. Bloß konnte sie, andersherum betrachtet, das Gute nicht genießen. Weil sie ja wusste, dass es nicht von Dauer war. Folglich war sie nie richtig glücklich.

Außerdem sagte die Kanzlerin sehr häufig, dass sie glücklich sei oder sich über etwas freue, selbst wenn sie in Wahrheit gar nicht glücklich war. Sie hatte als Bundeskanzlerin nämlich die Pflicht, sich über lauter Dinge zu freuen – auch über solche, über die sich sonst kein Mensch freute. Sie hieß einen neuen Arbeitgeberpräsidenten herzlich willkommen und sagte, sie freue sich auf viele offene Gespräche. Sie gratulierte einem slowakischen Linkspopulisten und sagte, sie freue sich über seine Wiederwahl. Sie eröffnete eine Medizintechnikmesse in Düsseldorf und sagte, sie sei begeistert von der Innovationsfreude deutscher Medizintechnik.

Die Kanzlerin hatte deshalb sowohl die Fähigkeit verloren, Glück zu empfinden, wie auch, dem Glück (wenn sie welches empfand) einen angemessenen Ausdruck zu verleihen. Als die Amerikaner den Tod Osama bin Ladens verkündet hatten, da hatte die Kanzlerin in einer Pressekonferenz gesagt, sie freue sich über die Tötung – und das wiederum hatte auch nicht richtig geklungen. (Dabei war die Kanzlerin ziemlich sicher gewesen, dass sie sich gefreut hatte, jedenfalls ein bisschen.)

An diesem Tag aber wachte die Kanzlerin nach ihrer Siesta auf und wusste sogleich: Sie war immer noch glücklich. So glücklich, dass sie sich wieder und wieder sagen musste, dass sie glücklich war: Sie war glücklich. Bloß klang es nicht glaubwürdig, wenn sie es auf diese Weise sagte. Deshalb beschloss sie, das unverhoffte Glücksgefühl im inneren Zwiegespräch so zu betonen, als schreibe sie es mit Großbuchstaben. Sie war nicht glücklich, sondern GLÜCKLICH. Sie freute sich nicht, sondern sie FREUTE sich. Und dieses Gefühl, GLÜCKLICH zu sein und sich richtig zu FREUEN, es rührte ganz einfach daher, dass sie eine schwere Entscheidung ohne Mühen getroffen hatte. Sie hatte mit der Entscheidung, Grenzen zu öffnen, zu sich selbst gefunden. Und das fühlte sich erst einmal gut an. RICHTIG GUT.

Aber was nun? Was tat man eigentlich, wenn man GLÜCKLICH war? Die Kanzlerin hatte in dieser Hinsicht ein Problem. Ihren Vorgänger, den SPD-Kanzler Schröder, hatte sie immer ein wenig beneidet, weil er einen großen Moment so schön genießen konnte. Als Schröder Ende der Neunziger Kanzler geworden war, hatte man ihm die Freude angesehen. Er trug plötzlich Kaschmirmäntel, rauchte Zigarren, besoff sich mit Toskana-Rotwein, und auch wenn ihm viele Bürger das Feiern verübelt hatten (es gehörte sich nicht für einen Sozialdemokraten), so hatte er immerhin ausgiebig zu feiern gewusst, das ließ sich nicht bestreiten, da hatte er ein echtes Talent. Die Kanzlerin dagegen, die nicht weniger hart darauf hingearbeitet hatte, gewählt zu werden, war nach dem Wahlsieg ins Stocken geraten, als sie von einer englischen Journalistin gefragt wurde, wie sie sich fühle. »Erstens, es geht mir gut«, hatte sie schließlich gesagt. »Und zweitens, ich glaube, es liegt sehr, sehr viel Arbeit vor uns.«

Nicht dass die Kanzlerin nun, da sie einmal glücklich war, Zigarren rauchen oder shoppen gehen wollte. Das wäre nicht ihr Stil gewesen. Aber das Glück auf ihre Weise genießen, das wollte sie schon. Sie überlegte ein bisschen. Und beschloss, dass sie an diesem Tag genau das tun würde, wovon sie in Interviews behauptete, dass sie es gerne tat: Kochen. Die Kanzlerin kochte gern – so hieß es immer –, und der Regierungssprecher hatte im Bemühen, die Kanzlerin bürgernah erscheinen zu lassen, oft behauptet, dass er im Hintergrund die Töpfe klappern höre, wenn er an Wochenenden mit ihr telefoniere. (In Wahrheit hatte es bloß ein einziges Mal geklappert, und das waren nicht Töpfe gewesen, sondern ein Garderobenhaken, der ihr auf den Fuß gefallen war, als sie einen Mantel aufgehängt hatte.)

Die Kanzlerin stieg, zum zweiten Mal schon an diesem Tag, aus dem Bett. Sie benachrichtigte die Personenschützer. Sie zog sich an. Sie verließ die Wohnung, um mit zwei Wagen und vier Männern zu Ullrichs Verbrauchermarkt in der Mohrenstraße zu fahren. Ullrichs Verbrauchermarkt war ein großer Supermarkt, der sich über zwei Etagen erstreckte, und er war unendlich voll, wie immer am Samstag, darüber hatte die Kanzlerin nicht nachgedacht. Schon im Eingangsbereich, wo ein Hund bellend an einer langen Leine zerrte, mussten die Personenschützer der Kanzlerin den Weg bahnen. Sie lieh sich von ihren Begleitern einen Euro und nahm einen Einkaufswagen. Und wie sie so den Einkaufswagen durch die Obst- und Gemüseabteilung schob, merkte sie, dass die Leute sie ehrfürchtig beobachteten, und sie hörte, wie eine Frau zu ihrem Mann sagte: »Schau mal, die Kanzlerin, sie schiebt ihren Wagen selber«, und die Kanzlerin, die sonst immer so tat, als bemerke sie nicht, wenn das Volk über sie redete, lächelte der Frau huldvoll zu. Sie fühlte sich in diesem Moment auf eine fast königliche Weise GLÜCKLICH.

Nun mag beim Leser der Eindruck entstehen, die Kanzlerin habe an diesem Tag die Politik ganz vergessen und sei in Gedanken nur noch um sich selbst gekreist. Doch dieser Eindruck wäre falsch. Die Kanzlerin war sich durchaus bewusst, dass die Zuwanderung nicht nur Vorteile (die Demographie), sondern auch Konflikte (Kultur und Religion) mit sich bringen würde. Und ihr war klar, dass Deutschland nicht sämtliche Flüchtlinge, die kamen, dauerhaft aufnehmen konnte. Man war gewissermaßen in Vorleistung gegangen und nun darauf angewiesen, dass andere europäische Staaten kooperierten und einen Teil der Flüchtlinge bei sich willkommen hießen. Also dachte sie, während sie Weißkohl, Senf, Eier und gemischtes Hack zusammensuchte, fieberhaft darüber nach, wie eine europäische Lösung aussehen könnte.

Eine halbe Stunde lang stand sie, wie jeder andere Kunde auch, in der Kassenschlange, und als sie mit den Einkäufen endlich in den Wagen stieg, da rief sie auch schon im Lagezentrum an, sagte, dass sie mit sämtlichen Regierungschefs der Europäischen Union sprechen wolle, und bat darum, die entsprechenden Verbindungen herzustellen. Der erste Staatschef war in der Leitung, als sie die Einkäufe auf der Arbeitsplatte abstellte. Der niederländische Ministerpräsident sagte, er habe aufgrund der kolonialen Vergangenheit seines kleinen Landes schon einen derart hohen Ausländeranteil, dass er nicht noch mehr Migranten aufnehmen könne. »Ja, natürlich«, sagte die Kanzlerin. Sie hatte Tränen in den Augen, denn sie schnitt gerade Zwiebeln.

Der italienische Regierungschef sagte, er sei mit dem Flüchtlingsproblem jahrelang alleingelassen worden, gerade von Deutschland, und sehe sich nicht in einer Bringschuld. Die Kanzlerin verstand auch das und trennte den Strunk vom Weißkohl.

Der estnische Präsident sagte, dass sein Land, anders als die westeuropäischen Staaten, keine Erfahrung mit Migranten hätten und außerdem hätte man schon genug Probleme mit der russischen Minderheit. Das war frech. Aber die Kanzlerin, die das Hackfleisch mit Paniermehl, Schmand und Ei vermengte, hatte keine Lust, mit dem Regierungschef eines Staates zu streiten, der gesamteuropäisch gesehen kaum ins Gewicht fiel.

Als die Kanzlerin das Essen schließlich in den Backofen geschoben hatte, Umluft, 180 Grad, hatte sie mit fast allen Staatschefs telefoniert, und keiner hatte ihr seine Unterstützung zugesagt. Für jeden Einzelnen hatte die Kanzlerin Verständnis gezeigt, aber in der Summe – so musste sie einräumen – war das doch ein dürftiges Ergebnis. Zum Glück wartete sie noch auf den Rückruf des französischen Präsidenten. Der war überzeugter Europäer und Sozialist und konnte sich nicht einfach aus der Verantwortung stehlen. Als sie ihn erreichte, entschied sie sich für Pathos. Sie sprach sehr überzeugend, wie sie fand, über die deutsch-französische Freundschaft und über den Zusammenhalt Europas und über die Notwendigkeit, im Interesse aller eine gesamteuropäische Lösung zu finden.

»Oui«, sagte der französische Präsident – und mehr sagte er nicht.

»Wie oui?«, fragte die Kanzlerin. »Wollen Sie in der Sache nun etwas unternehmen?«

»Mais oui«, sagte der französische Präsident. »Wenn es eine europäische Lösung gibt, dann wird sich Frankreich selbstverständlich beteiligen. Ich unterstütze das. Aber jetzt einen Alleingang zu wagen, halte ich für ... wie soll ich es formulieren ... sehr unklug.«

Mit einem Anflug von Ärger sagte die Kanzlerin: »Die europäische Lösung gibt es aber nur, wenn Frankreich und Deutschland mit gutem Beispiel vorangehen.« Sie entließ den französischen Präsidenten aus dem Gespräch und schüttelte den Kopf, dachte: »Die Sozialisten sind auch nicht mehr das, was sie mal waren.« Dann öffnete sie den Backofen. Eine Wolke heißen Dampfs entwich, und es roch plötzlich so gut, dass sich die Tür zu Sauers Arbeitszimmer wie von Zauberhand öffnete. »Hast du gekocht?«, fragte Sauer und blinzelte überrascht. Der Nebel verzog sich, die Kanzlerin stand am Herd und lächelte. »Ja«, sagte sie, »ich habe Kohlrouladen gemacht.«

Am Wochenende, an dem die Kanzlerin am Kupfergraben Kohlrouladen machte, kamen in Deutschland fast 20 000 Flüchtlinge an. Ein Zug nach dem anderen erreichte Gleis 26 des Münchner Hauptbahnhofs. Die Ankommenden liefen winkend an den Münchner Bürgern vorbei, die hinter Absperrungen standen. Viele waren da, um Essen, Schlafsäcke und Spielzeug abzugeben, andere bloß, um die Flüchtlinge mit eigenen Augen zu sehen – und irgendwann am frühen Samstagnachmittag, als immer mehr Flüchtlinge eintrafen, setzte ein feiner, stetiger Applaus ein, so wie er gewöhnlich Marathonläufern zuteilwird, die ja auch eine lange und beschwerliche Strecke hinter sich haben, wenn sie im Ziel eintreffen. Einer, der applaudierte, begann sogar, die deutsche Nationalhymne zu singen, und andere stimmten ein. Wer die Fernsehbilder aus München sah – und das waren Milliarden, denn die Bilder gingen um die Welt –, mochte glauben, die Deutschen seien über Nacht zu Samaritern geworden. Sie schienen sich in Großzügigkeit gegenseitig zu überbieten, mussten irgendwann aufgefordert werden, bitte schön nichts mehr zu spenden, von allem sei mehr als genug da. Dass es sich dabei um das gleiche Volk handelte, das einst zwei Weltkriege angefangen und Millionen gemordet hatte, machte die Geschichte noch reizvoller. Der Begriff der »Willkommenskultur« ging in die englische Sprache ein.

Auch die Kanzlerin hatte die Bilder aus München gesehen und war glücklich. (GLÜCKLICH.) Aber was genau, so fragte sie sich, machte sie eigentlich so glücklich? War es das gute Gefühl, dass sie Notleidenden mit einer starken Entscheidung hatte helfen können? Ja, natürlich, auch das.

Aber größer noch war ihr Stolz auf die Deutschen, die den Flüchtlingen applaudierten. Die Deutschen feierten die Flüchtlinge, die wiederum die Kanzlerin feierten – und auf diesem Umweg fanden auch die Deutschen und ihre Kanzlerin zueinander. Selten hatte sich die Kanzlerin so eins mit den Deutschen gefühlt, selten hatte sie so stark empfunden, dass man an einem Strang ziehe. Die Kanzlerin musste an den euphorischen Sommer der Fußballweltmeisterschaft denken. Auch da hatte man sich auf einer Wellenlänge befunden, hatte gemeinsam gezittert und gemeinsam gehofft. Doch war es in jenem Sommer bloß um Fußball gegangen, jetzt ging es um Flüchtlinge – und das war nun wahrlich eine komplexere Angelegenheit.

Um das schöne Gefühl zur Gänze auszukosten, las die Kanzlerin die deutsche Presse. Sie las fast alles, vom *Bayernkurier* bis zur *Nordsee-Zeitung*. Ein Exemplar der *Bild am Sonntag* (»Sie dürfen zu uns – Merkel beendet die Schande von Budapest«) fand Platz in einer Schreibtischschublade, in der sie sonst nur Kunstpostkarten und Rechnungen ihres Stromanbieters aufbewahrte. Dann wandte sich die Kanzlerin den ausländischen Medien zu, sie las die positiven Kommentare in der *New York Times* und in *Haaretz*, in *Le Monde* und im *Guardian* – und fand fast noch mehr Vergnügen daran als an den einheimischen Berichten, denn die Kanzlerin genoss es, die guten Deutschen im Blick der anderen gespiegelt zu sehen. Noch nie hatte sie sich so sehr auf den Montagmorgen gefreut wie an diesem ersten Septemberwochenende.

Als die Kanzlerin dann endlich das Büro des Kanzleramtschefs betrat (wo man sich zu einer Sondersitzung verabredet hatte), waren schon ein Dutzend Mitarbeiter versammelt. Aufgekratzt sahen sie aus, die Gesichter erwartungsfroh gerötet, als hätten auch sie auf den Wochenbeginn hingefiebert. Die Kanzlerin setzte sich auf den freien Platz am Tischende. Sie wünschte lächelnd einen guten Morgen und fragte die Mitarbeiter, wie ihr Wochenende gewesen sei. Das war schon mal ungewöhnlich. Gewöhnlich sagte die Kanzlerin bloß, es gebe ja in den nächsten Tagen wieder ordentlich was zu tun, oder es stehe vieles an, oder man habe sich für die Woche einiges vorgenommen. Als sich niemand traute, auf die Frage zu antworten, sagte die Kanzlerin, nun gut, dann werde *sie* sich halt äußern; *sie* für ihren Teil habe ein sehr vergnügliches Wochenende gehabt.

Dann kam die Kanzlerin auf die Grenzöffnung zu sprechen. Es sei ja alles sehr schnell gegangen am Freitagabend, sagte sie, und man habe fast keine Zeit zum Nachdenken gehabt. Und trotzdem habe sie kein einziges Mal daran gezweifelt, dass die Entscheidung richtig gewesen sei. Die Kanzlerin zog bedeutungsvoll die Brauen hoch. Sie sagte, möglicherweise habe sie ihrem Instinkt in der Vergangenheit zu wenig vertraut. Sie habe immer über alles nachdenken wollen, in der Hoffnung, dass sich die Entscheidung irgendwann von selbst finden werde. Aber vielleicht sei genau das der Fehler gewesen. Denn in bestimmten, ja, sagen wir ruhig, historischen Momenten sei es vielleicht ratsamer, dem Instinkt zu folgen und erst dann mit dem Nachdenken zu beginnen, wenn man die Entscheidung schon hinter sich habe. Ja, vielleicht sei ebendieses Nicht-Nachdenken ein Merkmal großer Politik.

Die Büroleiterin sog hörbar Luft ein, ihr Oberkörper spannte sich, sie wollte etwas sagen. Doch sie kam nicht dazu. Denn die Kanzlerin fuhr fort.

Wenn sie nun also im Nachhinein die Entscheidung, die Grenzen zu öffnen, rechtfertigen solle – so sagte die Kanzlerin –, dann würden ihr gleich eine Reihe von Argumenten einfallen, die sie jetzt aber nur stichwortartig erwähnen wolle, schließlich werde man in den kommenden Wochen noch genügend Gelegenheit haben, sich an diesen Dingen abzuarbeiten. Die demographische Entwicklung müsse man sicherlich anschauen, Studien einholen, die Wirtschaftsweisen hinzuziehen. Aber natürlich habe sie auch die Zukunft Europas im Sinn: Wer Grenzen schließe, setze den Zusammenhalt der europäischen Gemeinschaft aufs Spiel, et cetera, et cetera, et cetera, weshalb sie das vollste Vertrauen habe, dass sich eine Lösung finden werde, und – sie hielt kurz inne, schenkte sich Mineralwasser ein, nahm einen Schluck – es gebe nur ein einziges Thema, das sie an diesem Morgen ausführlich behandeln wolle.

Die Kanzlerin erhob sich. Sie tat ein paar Schritte, trat ans Fenster. Sie schaute hinunter auf den Hauptbahnhof, die Bahnsteige, deren Enden unter den gewölbten Glasdächern hervorschauten wie (so assoziierte sie sehr frei) ausgestreckte Beine aus kurzen Hosen. Dann sagte sie: »Wenn wir nicht aufpassen, wird man uns vorwerfen, wir hier im Kanzleramt hätten eine weitreichende Entscheidung getroffen, ohne uns zu überlegen, was das für die Menschen im Land bedeutet.«

Stille. Die Kanzlerin warf einen prüfenden Blick auf

ihre Mitarbeiter, die beim Zuhören fast andächtig aussahen. Sie drehte sich wieder zum Fenster. Eine S-Bahn verließ den Hauptbahnhof, fuhr im sanften Bogen an der Spree entlang, verschwand hinter Bürogebäuden und damit aus dem Blickfeld der Kanzlerin, und obwohl sie nichts mehr sehen konnte, meinte sie mit einer Eindringlichkeit, die ihr fast schmerzlich erschien, zu hören, wie die S-Bahn die rostige alte Spreebrücke überquerte und mit quietschenden Bremsen den Bahnhof Friedrichstraße erreichte. Täglich hatte sie dort gewartet, damals vor dreißig Jahren, als sie noch in der Marienstraße wohnte und jeden Morgen zur Arbeit nach Adlershorst musste. Sie drückte die Stirn gegen das Fensterglas. Sie sehnte sich plötzlich danach, auf dem Bahnsteig zu stehen, ganz allein und von niemandem beachtet, und dann mit der S-Bahn bis zur Endstation zu fahren. Auszusteigen und weiterzuwandern. Ohne Plan, ohne Ziel. Was würde sie nicht alles dafür geben.

Dann wandte sie sich wieder ihren Mitarbeitern zu. Sie sagte: »Und ich muss zugeben: Die Leute, die so etwas glauben, liegen nicht völlig falsch. Da liegt eine Gefahr. Wenn man sich von Amts wegen nicht mehr unter die Leute mischen kann, verliert man ein Stück Bodenhaftung – und es ist ganz wichtig, dass man diesen Verlust immer mitdenkt. Ich jedenfalls habe mich immer bemüht, nie zu vergessen, was es heißt, normaler Bürger zu sein.«

Weiterhin schwiegen die Anwesenden. Und staunten. Gewöhnlich hörte ihre Chefin in den Sitzungen bloß zu, und wenn sie einmal selbst sprach, dann äußerst knapp, um etwas zu kommentieren oder eine Anweisung zu geben oder jemandem, der zu lange geredet hatte, das Wort zu entziehen. Nie aber hatte die Kanzlerin in dieser Runde so offen und detailliert darüber gesprochen, was ihr durch den Kopf ging.

»Wenn ich nun die Flüchtlinge sehe«, sagte die Kanzlerin, »so möchte ich mir nicht vorwerfen lassen, dass ich keine Ahnung hätte, was auf Deutschland zukommt. Diese Menschen zu integrieren, ihnen das nahezubringen, was uns Deutschen am Herzen liegt, ist eine große und wichtige Aufgabe. Ich möchte an diesem Prozess teilhaben, und das nicht bloß, indem ich diese Woche ein weiteres Flüchtlingsheim besuche.«

»Ein solcher Termin ist auch nicht vorgesehen«, warf die Büroleiterin ein, die schon die ganze Zeit etwas sagen wollte und nicht zum Zug gekommen war. Die Kanzlerin fiel ihr ins Wort. »Ist er aber doch, Frau Baumann«, sagte sie und lächelte freundlich. »Ich habe mir nämlich erlaubt, in meinen Kalender zu schauen. Wenn ich diese Woche genug Zeit habe, die Kultursommernacht in der Landesvertretung von Sachsen-Anhalt zu besuchen und die Rezipienten eines japanischen Kunstpreises zu empfangen, von dem kein Mensch je etwas gehört hat, außer vielleicht der Kulturstaatsministerin, dann …«, und die Kanzlerin musste sich kurz besinnen, um den sehr lang geratenen Satz zu Ende zu führen. »… dann werde ich am Donnerstag auch nach Spandau fahren dürfen und dort die Außenstelle des BAMF besuchen. Und ich freue mich natürlich über jeden von Ihnen, der mitkommt.«

Die Büroleiterin war es nicht gewohnt, auf solche Weise unterbrochen zu werden. Sie verschränkte die Arme vor der Brust und lehnte sich zurück, wie um zu zeigen, dass sie sich an diesem Gespräch nicht mehr beteiligen werde.

»Und wo wir schon dabei sind, Frau Baumann«, legte die Kanzlerin nach. »Ich hätte auch nichts dagegen, eine nette Grundschule in Kreuzberg zu besichtigen, da können wir uns gemeinsam eine der Willkommensklassen anschauen, die jetzt überall eingerichtet werden. Aber – und das ist es, was ich eigentlich sagen will – mir genügen solche Termine nicht mehr. Ich wünsche mir etwas Nachhaltiges. Etwas mit Projektcharakter. Hat jemand einen Vorschlag?«

Hatte natürlich keiner. Die Mitarbeiter vermuteten, dass sich die Kanzlerin, so forsch, wie sie auftrat, schon etwas überlegt hatte – und so war es auch. Die Kanzlerin hatte abends gründlich nachgedacht. Sie hatte kurz vor Mitternacht sogar die Wohnung verlassen, um spazieren zu gehen. Doch weil sie den Personenschutz nicht hatte verständigen wollen, war sie bloß im Hinterhof zwischen Fahrradständern und Papiermüll hin- und hergelaufen.

Die Idee, bei sich am Kupfergraben eine Flüchtlingsfamilie aufzunehmen, hatte sie rasch verworfen. Vom Sicherheitsrisiko mal ganz abgesehen, konnte sich die Kanzlerin auch nicht vorstellen, dass Sauer einen solchen Eingriff in seine Privatsphäre dulden würde. Er war ja, was Störungen anging, derart sensibel, dass er einst das Umweltamt eingeschaltet hatte, um gegen eine Open-Air-Aufführung auf der Museumsinsel vorzugehen. Kleists *Amphitryon*, wenn sich die Kanzlerin recht erinnerte: deutsche Hochkultur. Wie würde Sauer da erst reagieren, wenn eine afghanische Familie in seiner Küche ein Qabili

Palau zubereitete oder mitten in der Nacht mit den Verwandten in Kandahar skypte?

Aber auch der Plan, einen Flüchtling im Kanzleramt übernachten zu lassen, erschien ihr wenig vielversprechend. Die Kanzlerin fürchtete nicht bloß die bürokratischen Hürden. Sie hatte auch Zweifel, ob sich ein Flüchtling im achten Stock wohlfühlen würde. Ihr Vorgänger, der SPD-Kanzler Schröder, hatte dort oben gewohnt und irgendwann mal erzählt, wie einsam er sich abends gefühlt habe. Das Regierungsviertel war ja zu später Stunde wie ausgestorben, der Tiergarten entvölkert, das nächste Café eine halbe Stunde Fußweg entfernt. Und wenn sich selbst einer, der in Wülfer-Bexten bei Bad Salzuflen groß geworden war, dort langweilte, wie sollte es denen gehen, die das bunte Treiben der Altstädte von Homs oder Damaskus gewohnt waren?

Nein, die Kanzlerin war zwar glücklich in diesen Tagen, aber immer noch Pragmatikerin genug, um einen Vorschlag zu machen, den sie für praktikabel und mehrheitsfähig hielt.

»Sie haben also gar keine Ideen?«, fragte sie. »Macht nichts. Ich hab mir schon was ausgedacht. Ich schlage nämlich vor, dass wir gemeinsam einen Flüchtling unterstützen. Ganz anonym natürlich. Man will in so einem Zusammenhang ja nicht als Bundeskanzleramt auftauchen.«

Die Kanzlerin ging zum Tisch zurück. Es tat den Mitarbeitern gut, dachte sie, auf diese Weise gefordert zu werden. Sie waren allesamt brave, loyale, hochintelligente Leute, aber es fehlte ihnen ein bisschen an Kreativität. Dann sagte sie: »Ich verspreche mir darüber hinaus einen

Erkenntnisgewinn. Die Frage, wie die Integration dieser Menschen verläuft, wird entscheidend sein in den nächsten Jahren. Und ich halte es für klug, etwas, das wir als Kanzleramt selbst mit angestoßen haben, genauestens zu beobachten und anhand einer Stichprobe zu testen. Wie macht sich so ein Flüchtling, dem dank einer Hilfeleistung viele Möglichkeiten offenstehen? Mein Vorschlag wäre, dass wir über einen Mittelsmann an eine geeignete Person herantreten und uns in regelmäßigen Abständen über diese Person informieren. So, und jetzt möchte ich Ihre Meinung hören. Was sagen Sie dazu?«

Die Kanzlerin setzte sich. Sie hatte alles gesagt, was sie sagen wollte. Doch traute sich zunächst niemand, darauf zu antworten. Die Kanzleramtsmitarbeiter waren immer noch überrascht. Am Wochenende hatten sie die Entscheidung mitgetragen, die Grenzen zu öffnen. Eine humanitäre Notsituation war das, eine große Ausnahme – und sie hatten sie als solche verbucht. Aber der Vorschlag der Kanzlerin, ja ihr ganzes Auftreten an diesem Morgen war neu und ungewöhnlich und ließ darauf schließen, dass sich etwas Grundsätzliches verändert hatte. Manche Mitarbeiter fanden das spannend, andere waren weniger überzeugt.

Die Büroleiterin zumindest schwieg.

Der stellvertretende Büroleiter sagte auch nichts.

Der Regierungssprecher sagte, er frage sich, wie realistisch ein solches Projekt sei. Einerseits könne man nicht allzu viele Leute einweihen. Andererseits seien fast alle Anwesenden öffentlich bekannt – er denke da nicht nur an sich selbst, sondern auch an den Kanzleramtschef oder die Büroleiterin, sodass kaum jemand in ein Flüchtlingsheim gehen könne, ohne Aufmerksamkeit zu erregen.

Der Kanzleramtschef sagte, er sei froh über den Vorschlag der Kanzlerin, er habe auch schon überlegt, ob er einen Flüchtling bei sich aufnehmen solle, bloß pendle er häufiger zwischen Berlin und dem Saarland und könne den Flüchtling ja nicht immer mitnehmen. (Darüber mussten alle lachen, denn die Vorstellung, dass der beleibte Kanzleramtschef einen Flüchtling wie ein Gepäckstück mit sich führe, war nicht ohne Komik.)

Der Innenminister, der an diesem Morgen dazugebeten worden war, wollte nun auch etwas sagen. Er hatte sich von seiner fiebrigen Grippe erholt, nicht aber vom Husten. Wie üblich trug er seinen mausgrauen Anzug, dazu kam, anstelle der Krawatte, ein dicker roter Wollschal. Mit wachsender Sorge hatte er der Kanzlerin zugehört und zum x-ten Mal gedacht: »Zu blöd, dass ich ausgerechnet an diesem Wochenende gefehlt habe«, und sich erneut darüber geärgert, dass ihn im Waldpark Blasewitz ein fürchterlicher Platzregen erwischt hatte. So war es zu dieser misslichen Situation gekommen. Doch war er nicht bloß frustriert, weil er bei einer wichtigen Entscheidung gefehlt hatte, sondern auch, weil er befürchtete, dass während seiner Abwesenheit eine eingeschworene Gemeinschaft entstanden sei.

Schweigen konnte er trotzdem nicht. Denn er war entsetzt. Er hielt den Vorschlag der Kanzlerin, einen Flüchtling anonym zu unterstützen, für naiv, sogar für dumm. Wo sollte das hinführen? Er, der die Kanzlerin länger kannte als sonst jemand hier, wusste nicht, was in sie gefahren war.

Und er überlegte, wie er seine Kritik anbringen konnte, ohne sich in dieser neuen und schwer durchschaubaren Situation zu isolieren.

Also hustete er erst mal. Das fiel ihm leicht. Und sein Husten erregte die gewünschte Aufmerksamkeit. Dann sagte er, er halte den Vorschlag für ein sehr interessantes – er hustete erneut, suchte nach dem passenden Begriff – Modell. Nein, er wolle hier nicht den Bremser spielen, doch müsse man sich schon überlegen, wen man mit einer solchen Unterstützung heranzüchte, ja, gewissermaßen aufpäpple, ein strenges Auswahlverfahren sei unerlässlich, und selbst dann könne man nicht ausschließen, dass sich die betreffende Person als Terrorist oder Psychopath entpuppe. Traumatisierte Flüchtlinge gebe es genug, verständlich, nach all dem, was sie durchgemacht hätten, da wisse man nie, was man kriege, es handle sich, neudeutsch gesprochen, um eine Blackbox.

Die Kanzlerin hörte dem Innenminister zu, machte sich ein paar Notizen. Sie hatte, ganz ehrlich, noch gar nicht über Terrorismus nachgedacht, so schnell, so rauschhaft waren die letzten Tage vergangen. Doch wollte sie in diesem Moment auch nicht zugeben, dass sie nicht darüber nachgedacht hatte. Deshalb dankte sie dem Innenminister erst einmal für seine Anmerkungen. Sie sagte: »Ich habe dieses Problem kommen sehen, und ich bin froh, dass Sie es angesprochen haben. Es versteht sich von selbst, dass wir einen Flüchtling auswählen, der psychisch nicht in irgendeiner Form belastet oder gar traumatisiert ist. Und ich schlage vor, dass wir ihn einer gewissenhaften Prüfung unterziehen. Wir können ja, ohne unser kleines

Geheimnis preiszugeben, eine Anfrage bei der Polizei und bei den Geheimdiensten machen. Darf ich mit Ihrer Unterstützung rechnen?«

Der Innenminister nickte – was blieb ihm anderes übrig –, und die Kanzlerin wandte sich an den Regierungssprecher: »Was nun Ihre Frage angeht, so habe ich mir ebenfalls Gedanken gemacht. Es wäre in der Tat sehr dumm, so einen Medienstar wie Sie ins Flüchtlingslager zu schicken«, und sie schenkte dem Regierungssprecher, der zuvor für das Fernsehen gearbeitet hatte, ein Lächeln. »Nein, nein, Sie haben ganz recht, Herr Seibert, Sie haben im Flüchtlingsheim nichts verloren, wir brauchen ein unbeschriebenes Blatt. Meine Wahl ist deshalb ...«, und die Kanzlerin ließ ihren Blick suchend durch den Raum wandern, »... auf unseren Social Media Analysten gefallen. Ja, ich habe bei diesem Projekt an Sie gedacht. Würden Sie die Aufgabe übernehmen?«

An einem Morgen voller überraschender Wendungen war dies die letzte Haarnadelkurve. Der Social Media Analyst hatte sich, seitdem er im Frühsommer dazugestoßen war, nicht gerade hervorgetan. Viele der Anwesenden fragten sich, wann die Kanzlerin ihn endlich entlassen oder zumindest aus der Morgenlage verbannen würde, zu der er so wenig beigetragen hatte. Meist war er mit seinem Smartphone beschäftigt, und auch in dieser Besprechung hatte er unter dem Tisch irgendetwas getippt, sodass alle Anwesenden annahmen, er habe nicht zugehört und könne folglich auch nicht antworten. Aber sie hatten sich getäuscht.

Der Social Media Analyst, vierundzwanzig Jahre alt

und mit den neuen Medien aufgewachsen, war ein typischer *digital native*. Sein Hirn hatte sich der permanenten Doppelbeschäftigung mit realer und virtueller Welt angepasst. Er war durchaus in der Lage, mehrere Dinge gleichzeitig zu tun, sodass es ihm auch keine Mühe machte, der Kanzlerin zu folgen, während er unter dem Tisch mit Vögeln auf Schweine schoss. »Angry Birds 4.0« hieß das Spiel, das er kostenfrei auf sein Android-Telefon geladen hatte, es entspannte ihn ungemein, ja, es half ihm sogar, sich auf das Gesagte zu konzentrieren, und deshalb schaute er auch nur ganz kurz auf, um seine Zustimmung zu geben. »Kein Problem«, sagte er. »Mach' ich.«

Die Grenzen blieben offen. Jeden Tag kamen nun um die 10 000 Flüchtlinge, und weit mehr machten sich in fernen Ländern auf den Weg, weil sie gehört hatten, dass es in Deutschland diese neue Willkommenskultur gab. Die Kanzlerin selbst habe sie eingeladen, so sagten die Menschen und erklärten es sich damit, dass das reiche Land dringend Arbeitskräfte benötige. Auch einen Namen hatten sie für die Kanzlerin gefunden. Sie nannten sie den »Engel des Lichts«.

Der Engel des Lichts konnte sich unterdessen nicht ständig um die Flüchtlinge kümmern. Das Tagesgeschäft ging ja weiter. Die Kanzlerin hatte Termine, die nicht abgesagt werden konnten. Sie empfing den schwedischen Ministerpräsidenten, sie nahm am St. Michael-Jahresempfang der deutschen Bischöfe teil, sie ging zur Kultursommernacht der Landesvertretung Sachsen-Anhalt. Sie bemerkte, wie nichtig viele der Dinge waren, die sie täglich zu tun hatte, und sie begann, diese Dinge mit einer Lässigkeit zu erledigen, die sie früher als gefährlich empfunden hätte. Sogar Fehler machte sie – und amüsierte sich in Besprechungen darüber.

»Dummerweise habe ich den schwedischen Ministerpräsidenten mit dem Namen seines Vorgängers angesprochen«, sagte sie in der Morgenlage mit einem schelmischen Lächeln. »Aber gut, man wird nicht jünger. Man beginnt, Leute zu verwechseln. Und vielleicht liegt's auch nicht an mir. Ich habe nämlich das Gefühl, dass die Männer meiner Generation einander immer ähnlicher werden. Ab einem gewissen Alter sehen alle Männer aus wie Hans-Werner Sinn«, und weil die meisten Mitarbeiter nicht fanden, dass alle alten Männer aussahen wie der Präsident des Instituts für Wirtschaftsforschung, lachten sie ausgiebig darüber. »Nein, überhaupt nicht«, riefen sie und redeten durcheinander, »der Sinn ist doch höchstens 1,60«, »der hat doch so einen Backenbart«, »der hat doch so einen Eierkopf« – und viele Mitarbeiter freuten sich darüber, dass die Kanzlerin, die gewöhnlich scharf beobachtete, so völlig danebenlag, es war irgendwie erfrischend.

Auch in der Tagespolitik pflegte die Kanzlerin einen anderen Stil. Früher hatte sie jeden Tag mehr als zwei Dutzend SMS geschrieben, sie hatte Berlin sozusagen per Textnachricht regiert. Nun schrieb sie nur noch ganz wenig auf ihrem Telefon. Und wenn sie etwas schrieb, dann überraschende, leicht verspielte Bemerkungen, die sie stets mit einem Emoticon versah. Auf Anrufe wiederum antwortete die Kanzlerin gar nicht, sie ging einfach nicht ans Telefon, sagte ihren Mitarbeitern: »Ich bin nicht zu erreichen, ich bin in einer Besprechung, ich bin weg« – und viele Leute, mit denen sie sonst ständig in Kontakt stand, verzweifelten. Besonders ärgerlich waren sie im Bundestag. Die Parlamentarier wollten (typisch Legislative!) unbedingt mitreden und wurden nicht konsultiert. Auch der französische Präsident war erbost. Er wünschte sich, in diesen dramatischen Zeiten täglich unterrichtet zu werden, und hörte nichts aus Berlin. Und der besorgte Innenminister rief alle paar Stunden bei der Kanzlerin an, hinterließ niesend Nachrichten, die besagten, dass ihm die offenen Grenzen Sorgen machten. Die Kanzlerin schrieb ihm lediglich eine knappe SMS: »Habe deine Nachricht gehört. Du klingst nicht gut. Bist du wegen der offenen Grenzen so erkältet? ☺«

Untätig war sie nicht. Immer wieder schaute sie sich die Bilder von den Menchen an, die »Miracle, Miracle« riefen – und wollte sogleich zu ihnen fahren. Ursprünglich hatte sie nur einen Besuch der Außenstelle des BAMF in Spandau geplant. Aber beim Googeln war sie auf eine kleine, aber feine Erstaufnahmeeinrichtung gestoßen, von der es hieß, sie leiste ausgezeichnete Arbeit. Also ließ sie auch dort einen Termin ansetzen. Sie trug ein lebendiges Türkisgrün, als sie in Spandau aus der Limousine stieg. Der Leiter der Erstaufnahme erwartete sie vor dem Eingang. Doch als die Kanzlerin eine Gruppe von Flüchtlingen sah, die 50 Meter entfernt auf dem Bürgersteig standen und Beifall klatschten, sagte sie, erst einmal müsse sie dorthin. Die Kanzlerin, die Applaus nie genossen hatte, nie gewusst, was sie tun sollte, wenn sie gefeiert wurde, ging nun geradewegs auf die Menschenmenge zu. Und tauchte ein. »Hello«, rief sie und fand, dass es pädagogisch falsch war, Englisch zu sprechen, weil die Flüchtlinge Deutsch lernen mussten. Also wechselte sie die Sprache, sagte, während sie die ausgestreckten Hände schüttelte, immer wieder: »Guten Tag«.

Die meisten Kanzleramtsmitarbeiter waren an diesem Tag im Büro geblieben. Aber zwei oder drei, die in Spandau mit dabei waren, warfen einander verwirrte Blicke zu, sie steckten die Köpfe zusammen. »Hast du das auch gehört?«, »Das war doch …«, und »Hat sie wirklich …?«

Ja, hatte sie. Unwillkürlich hatte die Kanzlerin einen arabischen Akzent imitiert, als sie den Flüchtlingen einen »Guten Tag« wünschte. Es war ihr gar nicht bewusst gewesen. Vielleicht hatte sie intuitiv einen der Anwesenden imitiert, der sie in gebrochenem Deutsch begrüßt hatte. Vielleicht auch hatte sie angenommen, dass die Flüchtlinge sie auf diese Weise besser verstehen würden. Oder es handelte sich einfach um ein Versehen, einen temporären Sprachfehler.

Die Kanzleramtsmitarbeiter aber, die dabei waren, sahen sich in dem Verdacht bestätigt, dass die Kanzlerin in den letzten Tagen eine Wandlung durchgemacht hatte. Sie kehrten ins Kanzleramt zurück, schauten noch einmal die Fernsehbilder an und erzählten anderen Mitarbeitern davon. Niemand wollte dem Geschehen eine große Bedeutung zumessen, natürlich nicht, es handelte sich, allein betrachtet, um eine Lappalie. Doch da die Lappalie ins Bild passte, begannen die Mitarbeiter, sich Sorgen zu machen.

Sie konferierten in den Teeküchen. Sie flüsterten auf den Fluren. Sie sagten, die Kanzlerin sei vielleicht ein bisschen irrational geworden, keiner dürfe davon erfahren, insbesondere die Journalisten nicht. In Hintergrundgesprächen erzählten sie ungefragt, dass die Kanzlerin völlig bei sich sei, sehr vernünftig gehe sie die Dinge an. Alles genau wie immer.

Am Tag, nachdem sie die Flüchtlinge besucht hatte, wachte die Kanzlerin in der Morgendämmerung auf. Sie hatte gut geschlafen und fühlte sich derart ausgeruht, dass sie die Kraft, die sie spürte, nicht gleich vergeuden wollte, indem sie, wie sonst üblich, Sauer sein Obstfrühstück machte. Anstatt im Nachthemd in der Küche zu stehen, Äpfel zu schneiden und Nüsse zu raspeln, zog sie sich an und rief den Wagen. Im Kanzleramt angekommen, nahm sie den Fahrstuhl in den siebten Stock. Sie begab sich in die Skylobby. Sie liebte es, bei Sonnenaufgang von oben auf die Stadt zu schauen. Allein in der Skylobby hatte sie so ein schönes freiheitliches Gefühl. Und außerdem die besten Ideen.

Dieses Mal also überlegte die Kanzlerin, vorm Fenster am Geländer stehend, wie sie die Deutschen an ihrer guten Stimmung teilhaben lassen könne. Sie wollte die Menschen mit ihrer Zuversicht anstecken und begeistern. »Schaut her«, würde sie ihnen sagen. »Ich weiß, dass ihr verunsichert seid. Aber vertraut mir, es wird alles gut. Ihr müsst mir nur versprechen, dass ihr mitmacht.«

Denn wenn es etwas gab, das ihre Freude in diesen Tagen trübte, war es die Vorstellung, dass sich die Deutschen auf das, was sie selbst erlebte, nicht einlassen würden. Gewiss, es gab die Freiwilligen, die Unterstützer, die vielen Menschen, die Flüchtlinge in ihren Häusern willkommen hießen. Aber die Kanzlerin dachte auch, dass es insgesamt zu wenige waren, die sich auf diese Weise engagierten. Und dass der Zauber des Anfangs, der unzweifelhaft da war, irgendwann verfliegen würde, wenn er nicht genutzt und in die richtigen Bahnen gelenkt wurde.

Die Kanzlerin meinte, die Deutschen gut zu kennen. Sie glaubte, dass die Deutschen an und für sich träge waren. Sie hatten es gerne bequem. Sie machten es sich in ihrer kleinen Welt gemütlich. Sie umgaben sich am liebsten mit denen, die sie schon ewig kannten. Selbst Nachbarn siezten einander in Deutschland, dachte die Kanzlerin (und dabei fiel ihr ein, wie lange sie sich schon vorgenommen hatte, der Büroleiterin das Du anzubieten, es war mehr als überfällig).

In Zeiten also, in denen die Welt immer enger zusammenrückte, erschien es ihr wichtig, sich nicht zu verschließen. Offene Grenzen auch als Chance zu begreifen. Mut zum Neuen zu haben. Ja, die Kanzlerin glaubte im Überschwang des Gefühls sogar, dass die Begegnung mit dem Fremden den Deutschen guttun würde, und dabei dachte sie nicht bloß an die demographische Entwicklung und an die offenen Lehrstellen. Nein, die Deutschen brauchten ihrer Meinung nach einen heilsamen Schock, um sich einzustellen auf das, was ihnen in einer globalisierten Welt bevorstand. Wobei ihr das Wort »Schock« nach kurzer Erwägung doch zu hart erschien. Vermutlich war es besser, von einem »Schub« zu sprechen, das klang weniger bedrohlich.

Noch etwas machte der Kanzlerin Sorgen. Es gab ihrer Meinung nach nicht nur die Mehrheit der trägen Deutschen, sondern auch die Minderheit der feindseligen Deutschen, jene also, die allem, was fremd war, misstrauten, die das Fremde sogar hassten. In den letzten Tagen hatten sich die feindseligen Deutschen noch zurückgehalten. Zu überrascht waren sie wohl angesichts der Euphorie, die von den Medien mitgetragen wurde. Aber sie würden sich bald genug bemerkbar machen, mit einer Gegenbewegung war zu rechnen.

Umso wichtiger erschien es der Kanzlerin nun, diese Leute, die protestierten und pöbelten und auch vor Gewalt nicht zurückschreckten, in die Schranken zu weisen. Die tiefe Kränkung, die sie nach dem Besuch in Heidenau verspürt hatte, regte sich wieder in ihr. Sie dachte: Wenn es nicht mehr erlaubt ist, Leuten in Not zu helfen, dann ist das nicht mein Land – und die subtile Drohung, die suggerierte, dass die Kanzlerin wie eine Monarchin ins Exil gehen könne, wenn ihr die Stimmung nicht mehr passte, gefiel ihr gut. Sie beschloss, die geglückte Formulierung für einen geeigneten Moment aufzuheben.

Dann schrak sie auf. Sie hörte die leise Mechanik des Fahrstuhls. Türen, die sich öffneten und wieder schlossen. Schnelle Schritte auf Schieferboden. Der erste Mitarbeiter war eingetroffen. Rasch nahm die Kanzlerin ihre Handtasche, die sie achtlos auf den Boden geworfen hatte, und huschte in ihr Büro. Dass sie morgens allein in der Skylobby weilte, sollte sich nicht herumsprechen. Die Bundeskanzlerin in der Skylobby – das weckte die falschen Assoziationen, erinnerte an den bayerischen König im Türmchen seines Märchenschlosses oder, schlimmer noch, an den Führer auf der Terrasse am Obersalzberg.

Im Büro setzte sie sich an den langen Tisch, gleich neben der Tür. Sie nahm das Handy aus der Handtasche, schaute kurz auf die News, die ihr das Presseamt, wie immer, per SMS geschickt hatte. Sie schob das Handy wieder in die Tasche, dachte: Man muss auch nicht alles wissen. Und beschloss gutgelaunt, dass sie mit den Mitarbeitern über das Projekt »Heilsamer Schub« reden musste. Die inhaltlichen Fragen würde sie erst einmal ausklammern und lediglich die Form ansprechen. Pressekonferenz oder Bürgerdialog, Regierungsinitiative oder Expertenkommission? Die Überlegung, wie man so etwas am besten aufzog, würde den Mitarbeitern Spaß machen und ein bisschen Schwung in die Sache bringen.

Doch als die Kanzlerin eine halbe Stunde später in den Besprechungsraum trat und lächelnd grüßte, sah sie sogleich, dass nicht nur das Land einen Schub benötigte, sondern auch das Amt. Irgendwie bedrückt erschienen ihr die Mitarbeiter an diesem Morgen. Manche tranken einen Kaffee nach dem anderen, als würden sie ohne Koffein wegdämmern. Andere tuschelten sorgenvoll miteinander oder drehten Eheringe nervös zwischen Daumen und Zeigefingern. Die Kanzlerin erinnerte sich, dass die Mitarbeiter noch vor ein paar Tagen viel lebenslustiger gewirkt hatten. Sie fragte sich: Was ist passiert? Warum sind die so negativ? Haben die sich verändert oder habe ich mich verändert?

Noch etwas fiel der Kanzlerin auf: Der Social Media Analyst fehlte. Schade, sie vermisste ihn. Er war auf seine Weise ein belebendes Element in der Morgenlage – und das nicht bloß, weil er bei Weitem der Jüngste war. Mit seiner sympathisch zerzausten Frisur, der leicht exzentrischen Art fiel er aus dem Rahmen. Und das war gut so. Sie fragte: »Wo ist eigentlich unser Social Media Analyst?«

Keiner wusste es. Also nahm die Kanzlerin das Telefon und rief im Vorzimmer an. Das Vorzimmer sagte, der Social Media Analyst habe sich entschuldigt, er sei zur Außenstelle Spandau gefahren. Wahrscheinlich benötige er den ganzen Tag.

»Aha«. Die Kanzlerin ließ das Telefon auf den Tisch fallen. »Er ist beim BAMF. Warum weiß das keiner hier, dass er da ist? Ist er nicht gebrieft worden?«

Nun muss man wissen, dass das Kanzleramt gewöhnlich sehr gut organisiert war, weit besser als zu Zeiten des sozialdemokratischen Vorgängers. Der Arbeitsalltag wurde von Terminen bestimmt. Termine mussten vorbereitet und nachbereitet werden, und in der Nachbereitung wurden Folgetermine vereinbart, die wiederum vorbereitet werden mussten, und so ging es in einem fort. Es gab feste Abläufe und klare Zuständigkeiten, und weil die Kanzlerin wusste, dass sie sich auf ihre Mitarbeiter verlassen konnte, hatte sie angenommen, dass die eingespielten Mechanismen auch in diesem Fall greifen würden.

Das war aber nicht geschehen. Der Plan, einen Flüchtling zu finden und vonseiten des Kanzleramts anonym zu unterstützen, ließ sich nicht eindeutig zuordnen. Er passte nicht ins Raster. Und die Tatsache, dass ausgerechnet der

Social Media Analyst für die heikle Aufgabe ausgewählt worden war, hatte für zusätzliche Konfusion gesorgt, sodass sich keiner in der Verantwortung sah.

Der Regierungssprecher fand, dass ihn ein Plan, der nicht für die Öffentlichkeit bestimmt war, nichts angehe.

Der Kanzleramtschef nahm an, dass sich die Büroleiterin darum gekümmert hatte.

Die Büroleiterin hatte geahnt, dass sich niemand zuständig fühlen würde. Aber sie hatte sich geärgert, weil die Kanzlerin sie nicht vorher eingeweiht hatte, und war in der Sache nicht tätig geworden.

Der stellvertretende Büroleiter wiederum hatte sich herausgehalten, weil er nicht mit dem Social Media Analysten assoziiert werden wollte. Der Social Media Analyst war auf sein Anraten eingestellt worden – eine Entscheidung, die der stellvertretende Büroleiter inzwischen bereute. Ein jedes Mal, wenn der stellvertretende Büroleiter den Social Media Analysten in der Morgenlage vor sich hinvegetieren sah, litt er fürchterlich. Und er hoffte, dass die anderen irgendwann vergessen würden, wer für diese Personalie verantwortlich war.

»Ist er da einfach hingegangen. Ganz allein?«, fragte die Kanzlerin erneut. »Ist er denn gar nicht gebrieft worden?« Niemand antwortete, und die Kanzlerin, insgesamt noch gutgelaunt, aber inzwischen auch ein kleines bisschen verärgert, sagte: »Also wenn sich keiner hier für so ein schönes Projekt zuständig fühlt, dann …«, und sie brach ab, musste sich zusammenreißen. Ihr wurde bewusst, wie schnell die positive Energie verpuffte, wenn sie, die Bundeskanzlerin, kurz lockerließ. Alles hing an ihr. In dieser großen Zeit, in der historische Dinge geschahen, konnte sie sich nicht auf ihre Mitarbeiter verlassen. Sie musste es richten, sie ganz allein. Und sie durfte sich nicht den Wind aus den Segeln nehmen lassen.

Um Kraft für die anstehenden Aufgaben zu schöpfen, beschloss die Kanzlerin, übers Wochenende in die Uckermark zu fahren. Sie war in Templin aufgewachsen und hatte immer noch eine Datsche in der Nähe, ein Häuschen mit spitzem Satteldach, in dessen Garten Rosen, Kräuter und Kartoffeln wuchsen. Im Spätsommer fielen dort gewöhnlich einige Dinge an. Sie konnte, wenn sie wollte, den Rasen düngen, den Lavendel zurückschneiden und die Zwiebeln für die Frühblüher setzen, für Krokusse, Tulpen, Narzissen.

Also ging sie in ihr Büro und suchte ein paar Sachen zusammen. Eine Zweitgarderobe, die sie für alle Fälle parat hatte. Dokumentenmappen natürlich. Ein paar Bücher, die eher zufällig im Büroregal standen. Und einen ziemlich dicken Band über den Ersten Weltkrieg. Die Kanzlerin hoffte nämlich, dass ihr eine intime Kenntnis der Urkatastrophe des 20. Jahrhunderts nützen würde, wenn sie demnächst mit anderen EU-Mitgliedern über die Flüchtlingsfrage sprach. (»Wie? Sie wollen keine europäische Lösung? Na, dann sag ich: Gut' Nacht, Europa!«) Aber als die Kanzlerin schon drauf und dran war, das Kanzleramt zu verlassen, hatte sie plötzlich eine schöne Idee. Sie würde die Büroleiterin fragen, ob sie mitkommen wolle.

Eine Abwechslung würde beiden guttun, dachte die Kanzlerin. Erst die Autofahrt und dann ein gemeinsames Wochenende auf dem Land.

Die Kanzlerin und die Büroleiterin kannten sich seit Anfang der Neunzigerjahre. Ein Parteikollege hatte gesagt, die beiden müssten sich treffen, und so besuchte die Büroleiterin, die damals noch nicht Büroleiterin war, die Kanzlerin, die damals noch nicht Kanzlerin war, im Krankenhaus. Die Kanzlerin hatte sich beim Besuch einer Buchhandlung das Bein gebrochen, und vielleicht war es der Verbindung zuträglich, dass diese erste Begegnung an einem kuriosen Ort stattfand. Die künftige Kanzlerin und ihre künftige Büroleiterin verstanden sich sofort, sie waren sich nicht bloß sympathisch, sondern entdeckten auch, dass sie ganz ähnlich gelagerte Interessen hatten.

Die Kanzlerin und die Büroleiterin hatten beide einen Sinn für Details. Sie liebten es, sich mit umfangreichen Dokumenten zu beschäftigen, mit Punkten und Unterpunkten, mit Fußnoten und Anhängen. Nicht die Planung für die folgenden fünf bis zehn Jahre war es, die sie reizte, sondern die akribische Vor- und Nachbereitung von Terminen. Und sie aßen gerne Suppen. Oft riefen sie in der Küche an und fanden jemanden, der ihnen eine Zwiebelsuppe auftaute, und dann saßen sie, Zwiebelsuppe schlürfend, am langen Tisch der Kanzlerin, beschäftigten sich mit den Feinheiten und machten sich über die vielen Wichtigtuer in der Weltpolitik lustig, denen der Sinn für jene Feinheiten fehlte.

Wenn die Kanzlerin und die Büroleiterin über den EU-Kommissionschef (»nett, aber nur, wenn er nüchtern ist«), den britischen Premierminister (»ein schrecklicher Snob«) und den französischen Präsidenten (»ein Pfau, und nicht mal ein schöner«) herzogen, dann hatten sie etwas von zwei klugen, aber nicht so gutaussehenden Schulmädchen, die sich über die gutaussehenden, aber nicht so klugen Jungs mokierten. Was ja auch Sinn ergab. Beide waren sie vor langer Zeit genau solche Schulmädchen gewesen – die eine in Templin, die andere in Osnabrück –, und diese Erfahrung war womöglich prägender als die Frage, ob man im Sozialismus oder im Kapitalismus aufgewachsen war.

Doch hatte sich die Kanzlerin zuletzt auch in dieser Hinsicht gewandelt. Sie hatte an den gemeinsamen Suppenterminen keine Freude mehr gehabt. Und sie war zur Einsicht gelangt, dass sie beide einander nicht immer guttaten. Sie waren zu ähnlich, bremsten sich gegenseitig. Die Kanzlerin zumindest hatte sich in der Gesellschaft der Büroleiterin zunehmend traurig und eingeschränkt gefühlt, und vielleicht ging es der Büroleiterin mit der Kanzlerin ähnlich.

Die Kanzlerin ging mit straffen Schritten zum Büro der Büroleiterin. Sie klopfte. Die Büroleiterin saß an ihrem kleinen Schreibtisch, beugte sich über den Ausdruck eines Outlook Kalenders. In feiner Handschrift machte sie winzige Notizen. Dann schaute sie auf. »Ja?«, sagte sie frostig, und in diesem Moment wusste die Kanzlerin, dass sie die Büroleiterin nicht in die Uckermark einladen würde. Was sollte sie zur Begründung auch sagen? Wir haben uns zuletzt nicht immer gutgetan? Unmöglich.

»Ein schönes Wochenende wollt ich Ihnen wünschen, Frau Baumann.«

»Schönes Wochenende«, kam es knapp zurück.

Die Kanzlerin zuckte verlegen lächelnd die Achseln und winkte. Dann ging sie zum Fahrstuhl. In der Limousine ließ sie sich in die Uckermark fahren. Unterwegs sprach sie Sauer aufs Band, sagte, dass er bestimmt wieder arbeiten müsse, sie jedenfalls rechne in Hohenwalde nicht mit ihm, aber freue sich natürlich, wenn er komme. Sie schaute aus dem Fenster. Sie sah, wie die Plattenbautenausläufer Ostberlins den Dörfern und Wäldern des Umlands wichen. Sie merkte, wie gut es ihr tat, ins Wochenende zu fahren. Sie liebte ihre Heimat, sie liebte diese nährstoffarmen Sandböden mit den dichten Kieferbeständen, und wie sie Brandenburg sah und es liebte, da dachte sie: »Irgendwie doch schade, dass Frau Baumann nicht mitgekommen ist.«

Eine knappe Stunde später traf die Kanzlerin in Hohenwalde ein. Sie winkte den örtlichen Polizisten zu, die in einem eigens errichteten Container saßen und die Datsche bewachten. Sie schloss die Tür auf und ging hinein. Sie packte die paar Dinge aus, die sie mitgenommen hatte. Ihr fiel ein, dass sie noch einkaufen musste. Also ließ sie sich zum Rewe fahren. Sie ging in der Uckermark gern zum Rewe, die Leute dort ließen sie in Ruhe und schienen dennoch stolz darauf zu sein, dass die Kanzlerin der Bundesrepublik Deutschland bei ihrem Rewe einkaufen ging. Bloß hatte die Kanzlerin dieses Mal, als sie sich mit Brot, Gemüse und Würstchen in die Schlange einreihte, ein vages Gefühl, dass die Uckermärker nicht ganz so freundlich schauten wie sonst. War das denn möglich? Nahmen ihr die guten Uckermärker die Flüchtlingspolitik übel? Musste sie mit den Uckermärkern darüber reden? Sollte sie die Würstchen aufs Kassenband legen und den Uckermärkern ein paar aufmunternde Worte sagen? Anhand historischer Beispiele erläutern vielleicht, was die Uckermark den Einwanderern alles verdankte – den Hugenotten zum Beispiel, die im 17. Jahrhundert nach Brandenburg kamen und Seidenraupen mit sich brachten, sodass auch die Kleider der Uckermärker nicht mehr kratzten?

Die Kanzlerin entschied sich dagegen. Sie beeilte sich, nach Hause zu kommen. Sie aß ein Spiegelei mit Speck. Sie zog sich aus und schlüpfte in ihr Nachthemd. Sie nahm das Buch über den Ersten Weltkrieg mit ins Bett. *Die Schlafwandler* hieß es (sehr passend) und war das Werk eines in England lehrenden Historikers, eine epische Aufarbeitung der Verwicklungen, die zum Ersten Weltkrieg geführt hatten. Wie so oft, wenn sie Bücher von Historikern las, staunte die Kanzlerin über das enorme Wissen, das in Hunderte von Seiten eingeflossen war. Und als Regierungschefin hatte die Kanzlerin einen ganz anderen Bezug zu den darin geschilderten Prozessen als gewöhnliche Leser. Die ausführlichen Beschreibungen fehlgeschlagener Treffen und anderer Versäumnisse boten ihr Identifikationsmöglichkeiten. Sie meinte fast, dabei zuzuschauen, wie die Großmächte Fehler über Fehler machten, und mehrfach kommentierte sie das Geschehen, indem sie ärgerlich vor sich hinmurmelte: »Herrgott, jetzt macht schon. Warum stellt ihr euch so verdammt blöde an?« Als sie lange nach Mitternacht das Buch zur Seite legte und das Licht löschte, dachte sie zum ersten Mal in ihrem Leben, dass sie ihre Memoiren schreiben sollte.

Über die Memoiren anderer Politiker hatte sie sich stets lustig gemacht. Sie hielt die meisten Lebenserinnerungen für eine Form der retrospektiven Selbstbeweihräucherung – und sie war immer wieder erstaunt, wenn ein Parteikollege, der in der Politik nur wenig zustande gebracht hatte, meinte, über dieses wenige auch noch ein Buch schreiben zu müssen. Andererseits hatte die Kanzlerin natürlich einen ganz besonderen Einblick, der einem Historiker immer fehlen würde. Ja, sie hatte viele Dinge von Bedeutung selbst erlebt, und vielleicht – so dachte sie – würde es ihr gelingen, diese Dinge in eine präzise und wahrhaftige Sprache zu fassen. Schon auf der Schwelle zum Schlaf befand sie sich, als sie die ersten Sätze eines großen Buchs komponierte. Es waren sehr schöne Sätze, und sie gab sich Mühe, diese in ihrer Erinnerung zu verankern. Doch begannen sich die Gedanken wohl schon zu verwirren. Warum sonst hätte die Kanzlerin ihr Buch in Form eines Briefes abgefasst?

Als die Kanzlerin am nächsten Morgen erwachte, waren ihr bloß zwei Worte im Kopf geblieben. »Lieber Horst«, so begann das Buch, und das war ja Quatsch. Die Kanzlerin lächelte. Sie hatte wohl doch schon geträumt, als sie sich die ersten Sätze ausgedacht hatte. Noch im Bett liegend, schrieb sie dem bayerischen Ministerpräsidenten eine Textnachricht (»Wenn ich mal Memoiren schreibe, werd ich dich bestimmt berücksichtigen ☺«). Sie stand auf. Sie frühstückte. Sie telefonierte mit dem Außenminister, der abends in der Villa Borsig auf die Kollegen aus Frankreich,

Russland und der Ukraine treffen sollte. Dann hatte sie frei. Sie nahm *Die Schlafwandler* wieder zur Hand. In gut zwei Stunden hatte sie das Buch ausgelesen und überlegte, was sie sich als Nächstes vornehmen solle.

Gewöhnlich hatte die Kanzlerin ein sehr pragmatisches Verhältnis zum Lesen. Sie war rasch und effizient, besaß die Fähigkeit, nützliche Informationen im Nu zu verarbeiten und andere außer Acht zu lassen. Was sie nicht benötigte, überblätterte sie. Doch an diesem Tag las sie sehr gründlich, sogar mit Genuss, und sie begriff, dass das Lesen kein Mittel zum Zweck sein musste.

Dem Porträt der kalifornischen Hightech-Industrie (*Silicon Valley*) ließ sie rasch ein Bändchen mit zeitgenössischer Lyrik folgen (*Regentonnenvariationen*), dann waren ein, zwei Kapitel über den Zusammenbruch vergangener Kulturen an der Reihe (*Kollaps. Warum Gesellschaften überleben oder untergehen*). Sie kochte sich einen Tee, aß zwei Würstchen und legte eine CD in die Stereoanlage. *Cosi fan tutte.* Wunderbar. Sie machte weiter mit der Korrespondenz Christa Wolfs (*Man steht sehr bequem zwischen allen Fronten, Briefe 1952–2011*), erhob sich, ging in den Garten und pflanzte Krokusse (Großblumige Mischung, 10 Knollen), ging wieder ins Haus und brachte den Briefwechsel zu Ende.

Als ihr am Sonntag gegen Mittag einfiel, dass sie bald nach Berlin zurückmusste, beschloss sie – im Sinne eines Kompromisses zwischen Arbeit und Vergnügen –, noch eine letzte Studie zu lesen. Das war die sogenannte Bertelsmann-Studie, betitelt »Der Beitrag von Ausländern und künftiger Zuwanderung zum deutschen Staatshaushalt«, und stets zitiert von Leuten, die in der Flüchtlingsfrage hinter der Kanzlerin standen. Und auch dieser Text, obgleich nicht gerade atmosphärisch, bereitete ihr Vergnügen. Sie las den letzten Satz: »Um fähige Köpfe in einer Größenordnung anzuziehen, wie sie für eine merkliche Verbesserung der öffentlichen Haushalte benötigt wird, wird es auch darauf ankommen, die Willkommenskultur in allen gesellschaftlichen Bereichen weiter zu verbessern.« Dann stand sie auf. Sie streckte sich. Sie schaute aus dem Fenster. Die Sonne war zwischen den Wolken hervorgebrochen und tauchte die uckermärkischen Wiesen in ein unwirklich gleißendes Sommerlicht. Da überlegte die Kanzlerin, ob sie baden gehen solle.

Das Problem mit dem Baden war, dass die Sicherheitsmänner stets mitkommen wollten. Zwei standen am Ufer, ein Dritter zog sich die Badehosen an und schwamm ihr wie ein Küken hinterher. Ein freiheitliches Gefühl kam dabei nicht auf, weshalb sie in den letzten Jahren kaum noch in den See gegangen war. Doch diesmal war der Wunsch, in der Mitte des Gewässers in den weiten Himmel zu schauen, so groß, dass sie beschloss, mit den Sicherheitsmännern zu verhandeln. Rasch zog sie sich um. Sie warf den Bademantel über, dazu die weißen Schlappen, die sie beim G8-Gipfel aus dem Grand Hotel Kempinski mitgenommen hatte. Sie verließ das Haus. Sie ging über das Grundstück und klopfte an die Tür des Containers. »Ich möchte gern schwimmen gehen, aber ich möchte das Gefühl haben, allein zu sein«, sagte sie sehr entschieden. »Wäre es vielleicht möglich, ein Minimum an Diskretion zu wahren?«

Kurz darauf fuhren zwei gepanzerte Limousinen zum nahe gelegenen Krinertsee. Sie parkten auf einer kleinen Wiese, die Sicherheitsmänner sondierten Badestelle und Grillplatz (kein Mensch da) und gaben der Kanzlerin den Weg frei. Sie zog Bademantel und Schlappen aus. Sie fand zwischen dichtem Schilf und den ins Wasser hängenden Zweigen einer Eiche einen Einstieg. Ohne ein einziges Mal haltzumachen, ging sie in den kühlen See. Sie tat ein paar Züge und dachte beglückt: »Auch Schwimmen ist ein Selbstzweck.«

Aber sollte das politische Handeln im besten Fall nicht ebenfalls Selbstzweck sein?, fragte sie sich sodann. Gewöhnlich agierte die Kanzlerin, wenn sie Politik machte, in geschlossenen Kausalitätsketten. Sie tat dies oder jenes, um etwas anderes zu erreichen, das wiederum einer weiteren Sache diente, und so weiter und so fort. Wie aber – so fragte sich die brustschwimmende Kanzlerin – könnte eine Politik aussehen, die sich selbst genügte, weil sie einen Wert an sich darstellte?

Die Kanzlerin neigte allgemein nicht zu Überlegungen philosophischer Natur. Es fiel ihr schwer, sich eine solche Politik überhaupt vorzustellen. So scharf sie darüber nachdachte, sie kam nicht weiter und entschied, die Sache erst einmal aufzuschieben. Dennoch stieg sie mit einem Lächeln aus dem See. »Das war nun wirklich …«, dachte sie, als sie eine halbe Stunde später, geduscht, abgetrocknet und in Blazer und Hosen die Rückfahrt nach Berlin antrat, »… ein rundum geglücktes Wochenende.«

Der Alltag holte sie rasch wieder ein. Kurz vor Wandlitz war sie, als der Innenminister anrief. Schon mehrfach hatte er versucht, die Kanzlerin zu erreichen. Sie wusste, dass er über die Grenzöffnung sprechen wollte – und war nicht rangegangen. Nun nahm sie den Anruf an. »Endlich«, sagte er. »Wir sitzen hier gerade beisammen. Und wir haben dieses Papier vorbereitet, von dem ich dir ja schon erzählt habe. Wann schaust du rauf?«

»Bist du immer noch erkältet?«, fragte die Kanzlerin. Sie hatte keine Lust, auf ein Papier zu schauen.

»Ja«, sagte der Innenminister und hustete.

»Weißt du was? Spar dir die Mühe, was rüberzuschicken. Sag mir einfach, worum es geht.«

»Wie ich schon mehrfach auf dem Anrufbeantworter sagte«, erklärte der Innenminister. Er klang ziemlich ungeduldig. »Wir haben Vorbereitungen getroffen, Grenzkontrollen einzuführen. Natürlich nur vorübergehend.«

Die Kanzlerin schüttelte den Kopf. »Nein«, sagte sie.

»Es ist nach der Schengen-Regelung erlaubt, die Grenze zu schließen, wenn die öffentliche Ordnung bedroht ist. Dieser Fall ist meiner Meinung nach gegeben.«

»Nein.«

»Angela«, sagte der Innenminister. »Ich habe die Entscheidung, die Grenze zu öffnen, mitgetragen. Aber wir haben auch immer gesagt: Das ist eine Ausnahme, das muss eine Ausnahme bleiben. Und wir wissen, dass es möglich ist, die Grenze zu schließen. Beim G7-Treffen im letzten Sommer ist das sehr ordentlich vonstattengegangen.«

»Nein.«

Der Innenminister schwieg. Dann sagte er: »Du, diese Leute haben alle ihre Pässe weggeworfen. Wir haben keine

Ahnung, wen wir da ins Land lassen. Das ist ein Kontrollverlust, wir machen einen Riesenfehler.«

»Na gut«, sagte die Kanzlerin, »wenn du Kontrolle haben willst, dann lass die Grenzen kontrollieren. Und mach eine Presseerklärung. Schreib, dass wir die Grenzen kontrollieren. Schreib: Wir kontrollieren die Grenzen, um einen geordneten Grenzverkehr zu gewährleisten.«

»Und die Flüchtlinge?«

»Wenn sie Asyl beantragen, kommen sie rein.« Der Innenminister war ärgerlich, verzweifelt. Tagelang hatte er darauf hingearbeitet, dass die Grenzen für die Flüchtlinge geschlossen würden, hatte alles getan, um die Kanzlerin zu erreichen und davon zu überzeugen. Vergeblich. Also hatte er im Bemühen, eine Entscheidung zu erzwingen, seine Leute zusammengerufen – und jetzt sagte die Kanzlerin einfach Nein.

»Das ist absurd, man kann doch nicht die Grenzen kontrollieren und dann trotzdem alle reinlassen.«

»Doch, kann man«, sagte die Kanzlerin und verabschiedete sich mit einem unbekümmerten »Schönen Abend noch, lieber Thomas«. Sie legte auf. Sie kannte den Innenminister seit der Wendezeit. Auf seine Empfehlung hin war sie stellvertretende Sprecherin der letzten DDR-Regierung geworden. Später hatte sie ihn zum Kanzleramtschef gemacht. Und warum auch nicht? Er war ein guter Mensch, ein verlässlicher Mitarbeiter, ein treuer Diener. Sie wusste, dass er in die Sitzung zurückkehren und den Leuten sagen würde, dass er seine Meinung geändert habe. Und sie wusste auch, dass er die Art und Weise, wie sie gegen ihn entschieden hatte, als Demütigung empfinden würde. Er tat ihr leid. Aber sie konnte nicht anders. Warum sollte sie die Ereignisse des letzten Wochenendes rückgängig machen? Alles, was sie getan hatte, wäre dann hinfällig. Und die Situation hatte sich ja nicht grundlegend geändert. Wenn man die Grenzen schloss, dann käme es zu Auseinandersetzungen, zu Ausschreitungen, zu Tränengas und Wasserwerfern, womöglich würden Menschen sterben. Ein solches Gemetzel würden die Deutschen doch gar nicht aushalten, dachte die Kanzlerin und fügte eine Fußnote hinzu: Und ich auch nicht.

Als die Kanzlerin am nächsten Tag wieder im Amt war, ließ sie als Erstes den Social Media Analysten rufen. Eigentlich hatte sie Dinge zu tun, die wichtiger waren. Sie musste mit dem EU-Kommissionschef und mit dem französischen Präsidenten telefonieren, sie musste die Kabinettssitzung des folgenden Tages vorbereiten. Aber sie wollte nicht länger hintanstellen, was ihr Freude machte. Sie hatte genug von der Ethik des protestantischen Belohnungsaufschubs. »Nur zu, die Tür ist offen«, rief sie, als es klopfte.

Der Social Media Analyst betrat das Büro. Die Entfernung von der Tür bis zum gewaltigen Schreibtisch, hinter dem die Kanzlerin saß, erschien ihm beträchtlich. Während er die Strecke zurücklegte, dachte er, dass in so einem Großraumbüro bestimmt dreißig Programmierer Platz gefunden hätten. Und ein Kickertisch. Er kam zum Stehen und war ein bisschen nervös. Was sollte er tun? Einfach warten? Oder auf sich aufmerksam machen? Die Kanzlerin las ein Dokument. Sie machte sich Notizen. Auf dem Tisch stand ein silbergerahmtes Bild: das Porträt einer dicken Frau mit Krone und Zepter.

»Das ist Katharina die Große«, sagte die Kanzlerin, ohne aufzuschauen. »Katharina die Große war eine russische Zarin, die viele gute Dinge gemacht hat.« Sie hob den Kopf. »Und auch ein paar schlechte. Aber so ist das nun mal, wenn man im Amt ist.«

»Hm«, machte der Social Media Analyst. Wieder wusste er nicht, was er sagen sollte. Also zeigte er auf etwas anderes: »Und das da?«

»Das ist ein Bernstein. Den hat mir ein Landrat aus meinem Wahlkreis geschenkt, als ich Kanzlerin wurde.« Die Kanzlerin schob das Papier zur Seite und sagte mit einem feinen Lächeln: »Aber wir sind ja nicht zusammengekommen, um über Bernsteine zu sprechen, oder?«

»Nein«, sagte der Social Media Analyst und kam zur Sache. »Ich war am Freitag beim BAMF.«

»Ja, das habe ich gehört. Es tut mir leid, dass wir Sie im Vorfeld nicht gebrieft haben, das ist bedauerlich. Ich hoffe, Sie waren diskret. Sie haben doch hoffentlich nicht gesagt, woher Sie kommen.«

»Nö, ich hab gesagt, ich mache ein Theaterprojekt, und ich brauche einen Flüchtling.«

»Wunderbar.« Die Kanzlerin nickte anerkennend. Und sie dachte: Ich habe ihn unterschätzt, er ist wirklich gut. Dann sagte sie: »Sie müssen mir gleich alles erzählen. Aber zuerst mal: Wie war es überhaupt? Hat es Ihnen gefallen?«

»Ja, es war schön«, sagte der Social Media Analyst.

»Ich bin froh, dass es Ihnen gefallen hat. Spandau ist eine sehr gute Außenstelle des BAMF – ich habe mich letzte Woche selbst davon überzeugen können. Aber haben Sie auch Erfolg gehabt? Sind Sie fündig geworden?«

»Ja.«

»Und?«

»Er heißt Hamid Wahhoud.«

»Hamid Wahhoud«, echote die Kanzlerin.

»Ja«, sagte der Social Media Analyst. Er erzählte, was er über den Mann wusste. »Er ist Syrer. Seine Familie kommt aus Homs. Er hat Kunst studiert. Und Deutsch hat er auch gelernt. Am Goethe-Institut in Damaskus.«

»Ach ja?«

»Ja«, sagte der Social Media Analyst.

»Wie alt ist er?«

»Etwa so alt wie ich, würd ich schätzen. Also fünfundzwanzig.«

»Sie sind erst fünfundzwanzig?«

»Äh, ich bin vierundzwanzig«, korrigierte der Social Media Analyst.

»Na gut, das Alter spielt ja auch keine Rolle. Aber sagen Sie: Was haben Sie mit Herrn Wahhoud besprochen?«

»Ich habe ihm ein paar Fragen gestellt. Und als ich mir ganz sicher war, dass er der Richtige ist, hab ich ihm gesagt, dass eine … na ja … eine anonyme Gönnerin …« Der Social Media Analyst hielt inne. »Das ist doch in Ordnung, oder, dass ich Sie anonyme Gönnerin genannt habe?«

»Aber natürlich«, freute sich die Kanzlerin. »Genauso war es gedacht.«

»Gut. Ich habe ihm also gesagt, dass ihn eine anonyme Gönnerin gerne unterstützen möchte.«

»Und was hat Herr Wahhoud darauf gesagt?«

»Na ja, Sie müssen wissen: Er ist sehr höflich und bescheiden. Und er hat gesagt, dass ihm das Angebot unangenehm ist und dass er schon alles hat, was er braucht. Nur … eine Sache würde ihn vielleicht interessieren.«

»Und das wäre?«

Der Social Media Analyst lehnte sich zurück, erleichtert, denn er hatte sich das Gespräch mit der Kanzlerin komplizierter vorgestellt. »Eine Goethe-Ausgabe«, sagte er.

Die Kanzlerin schlug überrascht die Hände zusammen. »Eine Goethe-Ausgabe?«

»Ja, genau.«

»Aha.« Die Kanzlerin legte die Hände wieder auf den Tisch. Nachdenklich sagte sie: »Es ist natürlich wunderbar, jemanden zu finden, der sich für die deutsche Kultur begeistert. Aber ich frage mich auch, ob Herr Wahhoud wirklich repräsentativ ist. Ich muss Ihnen ganz ehrlich sagen: Wir wissen noch sehr wenig über die Leute, die jetzt zu uns kommen. Was für Qualifikationen sie haben und was für Wertvorstellungen. Sagen Sie mir also: Wie viele Menschen haben Sie angesprochen?«

Der Social Media Analyst zögerte. »Vier oder fünf?«

»Na ja, gut, es soll ja auch kein wissenschaftliches Forschungsprojekt werden. Aber ist dieser Herr Wahhoud nicht trotzdem ein bisschen zu … perfekt?«

»Das würde ich so nicht sehen«, sagte der Social Media Analyst mit Nachdruck, denn er befürchtete, dass ihn die Kanzlerin noch einmal nach Spandau schicken würde, und das wollte er unbedingt vermeiden. »Er ist Flüchtling, also musste er fliehen, wie tausend andere, vor dem Krieg, in Syrien …« »Schon gut, schon gut«, unterbrach ihn die Kanzlerin. Sie überlegte. Ohnehin hatte sie das Gefühl, dass einige ihrer Mitarbeiter den schönen Plan nicht wirklich unterstützten. Vielleicht war es besser, das Amt in diesem Fall außen vor zu lassen und Herrn Wahhoud privat zu fördern. Und wenn Herr Wahhoud dann in einigen Jahren eine glänzende Karriere machen sollte, könnte man immer noch sagen, sie, die Bundeskanzlerin, habe ganz zu Anfang, als die politische Situation noch volatil gewesen sei, Geld und Zeit in einen vielversprechenden jungen Mann investiert, in eine Art Leuchtturmprojekt.

»Wissen Sie was?«, sagte die Kanzlerin deshalb munter. »Ich schlage vor, dass wir unser kleines Projekt für uns behalten. Die anderen …«, und sie wies in Richtung Tür, »… müssen gar nicht wissen, was wir hier machen. Wir tun jetzt so, als sei das Projekt gestorben. Aber treffen Sie sich weiterhin mit Herrn Wahhoud. Berichten Sie mir, wie es ihm geht. Und kommen Sie jederzeit zu mir, wenn er etwas braucht, das geht auf meine Rechnung.« Sie setzte eine Lesebrille auf. »Und nun zu Goethe.«

Die Kanzlerin begann, auf ihrem Tablet nach einer lieferbaren Gesamtausgabe zu suchen. »Amazon … Punkt … DE«, buchstabierte sie laut, um den Social Media Analysten an der Suche teilhaben zu lassen. »Was haben wir denn hier? Sämtliche Werke: Dramen, Dichtungen, Romane,

Tagebücher, Gespräche, Aphorismen für 99 Cent. Ach nein, das ist ja ein E-Book.«

Zehn Minuten später war die Sache entschieden, die Bestellung getätigt. Die Kanzlerin hatte die Hamburger Ausgabe gewählt, vierzehn Bände in einer Kassette, für 49,90 Euro. »Ich gebe Ihnen Bescheid, wenn das Päckchen da ist«, sagte sie und brachte den Social Media Analysten zur Tür. Dann stand sie eine ganze Weile lang am Fenster und schaute auf den Tiergarten. Die erste Zeile eines Gedichts fiel ihr ein: »Über allen Gipfeln ist Ruh …« Das war doch Goethe, oder? Zufrieden ging sie zurück an den Schreibtisch. Den ganzen Tag über musste sie Telefongespräche führen, die nicht angenehm waren; sie hatte mit einer wachsenden Anzahl von Menschen zu tun, die ihre Entscheidung, die Grenze zu öffnen, für falsch hielten. Doch wenn sie zwischen den Gesprächen eine Pause machte, dachte sie an Herrn Wahhoud. »Eine Goethe-Ausgabe«, sagte sie immer wieder und schüttelte lächelnd den Kopf.

Auch der Social Media Analyst war sehr zufrieden. Er hatte seinen Besuch in Spandau nicht ganz wahrheitsgetreu geschildert. Mit der Behauptung, einen Flüchtling für ein Theaterprojekt zu suchen, war er nicht weit gekommen. »Ein Theaterprojekt?«, hatte die Sachbearbeiterin gefragt und höhnisch gelacht. »Na, da sind Sie hier genau richtig. Ich sag Ihnen: Was hier abläuft, das ist ein großes Drama, das ist eine richtige Tragödie!« Zunehmend überfordert war der Social Media Analyst über die Flure gelaufen, hatte wahllos Flüchtlinge angesprochen, die ihm aber allesamt nicht geeignet erschienen. Manche sprachen weder Deutsch noch Englisch. Andere vermuteten eine Falle. Wieder andere waren ihm zu aggressiv. Sie wollten sich die versprochene Unterstützung sogleich auszahlen lassen und wurden wütend, wenn er das Gespräch abbrach.

Erst über ein paar Umwege (Freunde von Freunden von Freunden) war der Social Media Analyst auf Hamid Wahhoud gestoßen. Hamid Wahhoud war schon seit acht Monaten in Deutschland. Er wirkte mit an einem freien Theaterprojekt in Kreuzberg und wurde von den Leuten dort wärmstens empfohlen. Höflich, sensibel und vielseitig interessiert war er und sprach ein derart exzellentes Deutsch, dass mehrere wohltätige Organisationen und Privatpersonen darum buhlten, ihn auf die eine oder andere Weise fördern zu dürfen. Es war gar nicht leicht gewesen, Hamid Wahhoud zu einem Treffen zu überreden. Denn Hamid Wahhoud hatte schon viele Freunde in Deutschland. Der Social Media Analyst war sehr froh, dass er Hamid Wahhoud für das Projekt der Kanzlerin gewonnen hatte.

Die Kanzlerin hatte einen Traum. Sie war zu Gast in einem Schweizer Grandhotel. Einem palastartigen Bau mit Türmchen und schmiedeeisernen Balkonen. Umgeben von einer Parklandschaft. Über eine mit purpurrotem Teppich ausgelegte Treppe lief die Kanzlerin ins Freie. Überall saßen Leute auf Picknickdecken. Sie ging an den Leuten vorbei und gelangte, durch lichte Wälder wandernd, zu einer Art Wendeltreppe, die freistehend in die Höhe führte. Mühelos stieg sie hinauf und deponierte dort oben einen alten Schuhkarton. Dann stieg sie wieder hinunter – und wachte auf.

Die Kanzlerin schaute auf die Uhr. Drei Uhr morgens. Zu früh, um aufzustehen. Und sie wollte unbedingt weiterträumen, es war so schön. Sie zwang sich, noch einmal einzuschlafen. Schon bald war sie wieder in der sattgrünen Parklandschaft, und wieder lief sie vorbei an den Picknickgästen, unter denen sich (das sah sie nun erst) viele ehemalige Mitschüler befanden und ihr alter Lateinlehrer und der letzte Ministerpräsident der DDR. Menschen also, die sie früher einmal gekannt und schon lange aus den Augen verloren hatte. Doch schienen ihr diese Bekannten gar nicht böse zu sein. Sie grüßten freundlich und wandten sich dann wieder den Hähnchenschenkeln zu, an denen sie genüsslich nagten. Weiter wanderte die Kanzlerin, immer tiefer in den Park hinein, bis sie schließlich die Wendeltreppe fand.

Nun erkannte sie auch, dass sich gleich neben den ersten Stufen noch ein Raum befand. Sie ging hin und öffnete die Tür. Eine Art Kajüte war es, mit holzverkleideten Wänden und goldgerahmten Seestücken. Und auf Sesseln mit Fußteilen rekelten sich Bürgerrechtler. Eppelmann war dabei und Bärbel Bohley und der Schorlemmer und die Dahn. Warum ausgerechnet die?, fragte sich die Kanzlerin. Was machen die in meinem Traum? Ja, wollen die mir jetzt einen Vorwurf machen?

Doch sahen die Bürgerrechtler überhaupt nicht verbittert aus. Sie fläzten sich in ihren Sesseln, rauchten, starrten schweigend an die Decke – und ignorierten die Kanzlerin, die immer noch in der Tür stand und schaute. Beruhigt sagte sie sich: Na bitte, es geht ihnen doch gar nicht so schlecht! Behutsam schloss sie die Tür und begab sich zur Treppe. Bloß fiel ihr der Aufstieg schwerer als beim letzten Mal. Langsam und unsicher setzte sie die Schritte, und als sie schließlich die Höhe erreicht hatte, auf der sie den alten Schuhkarton vermutete, begann die Treppe, immer mehr und immer heftiger zu schwanken, sodass sie mal auf der einen Seite, mal auf der anderen den Erdboden touchierte.

Mit einem Ruck fuhr die Kanzlerin hoch. Aufrecht saß sie im Bett. Starr vor Schreck. Sie hatte den Wind, der zum Ende des Traums richtig wüst geworden war, noch in den Ohren. Und hässliches Hundegebell. Sie atmete schwer. Ihr Herz klopfte. Sie zitterte. Was war denn *das* gewesen?

Die Kanzlerin stand auf. Sie trat ans Fenster. Ihr fiel ein, dass sie, die jahrelang traumlos geschlafen hatte, in den letzten Wochen wild und durcheinander geträumt hatte. Einmal war sie mit einem Klapprad durch eine verschneite Stadt gefahren und hatte sich vom Erdboden gelöst, sodass sie von oben auf die Dächer schauen konnte. In anderen Nächten hatte sie, immer höher springend, den Boden unter den Füßen verloren und war aus den großen Fenstern der Skylobby in die Schwerelosigkeit entschwunden. Nun aber hatte sie einen echten Albtraum gehabt. So lebhaft empfand sie ihn, dass sie seine Wirkung nicht abschütteln konnte. Warum die Bürgerrechtler? Wofür stand die Treppe? Und was befand sich im Schuhkarton?

An die Kraft des Unbewussten hatte die Kanzlerin nie

geglaubt. Nie hätte sie sich für einen Psychologen auf die Couch gelegt, um über das, was in ihr vorging, zu sprechen. Und als ihr ein Minister kürzlich anvertraut hatte, dass er eine Analytikerin besuche und ein jedes Mal einen Traum mitbringen müsse, eine Art psychoanalytische Lockerungsübung sei das, ein Mittel, um das Unbewusste zu wecken, da war die Kanzlerin ziemlich befremdet gewesen. Sie halte Träume für ein Abfallprodukt, so hatte sie dem Minister spöttisch erklärt, das Hirn müsse halt ausscheiden, was es nicht mehr benötige.

Aber das war Monate her, da hatte sie noch traumlos geschlafen. Nun, unter dem Eindruck des Albtraums, wurde ihr klar, dass sie nicht einfach *irgendetwas* träumte. Nichts, das sie träumte, assoziierte, plötzlich wieder erinnerte, geschah von ungefähr. Nein, dachte die Kanzlerin, es ist bestimmt kein Zufall, dass ich Träume habe. In meinem Kopf passieren Dinge, die ich nicht verstehe. Und es wäre gut, wenn ich diese Dinge verstehen würde. Weshalb sie beschloss, irgendwann die Person aufzusuchen, mit der sie noch am ehesten über so etwas sprechen konnte. Ihre Schwester war Ergotherapeutin. Die Praxis hatte sie, nicht allzu weit vom Kanzleramt, auf der Torstraße.

Der Sommer ging, der Herbst kam. Die Baumkronen im Tiergarten färbten sich gelb. Im Himmel über der Skylobby zogen die Kraniche Richtung Süden. Die Temperaturen sanken allmählich, und immer noch kamen jeden Tag Tausende ins Land. Schlafplätze waren knapp geworden, die vielen Flüchtlinge wurden in Turnhallen, Kasernen und Möbellagern untergebracht. Hinter dem grauen Hochhaus einer Berliner Behörde, keine drei Kilometer vom Kanzleramt entfernt, schliefen Menschen auf einer Wiese im Freien. Was sollte erst werden, wenn mit Frost und Schnee der Winter kam?

Die Zeitungen schrieben, dass die Stimmung in der Bevölkerung umzuschlagen drohe. Sie zitierten Helfer, die sagten, sie hätten keine Kraft mehr. Beamte, die fanden, die Flüchtlinge seien frech und fordernd. Und immer mehr Bürger, die sagten, die Kanzlerin müsse weg. Einen Galgen hatten sie in Dresden gebaut; an dem sollte die Kanzlerin hängen.

Auch wenn sie es nie zugegeben hätte – sie nahm sich diese Dinge zu Herzen. Sie schlief nicht mehr so gut. Ihre Beine kribbelten wieder. Manchmal, um vier Uhr morgens, leuchtete im Dunkeln das Handy. Der bayerische Ministerpräsident schickte verzweifelte SMS. »Wir müssen das stoppen, Angela.« »Es sind zu viele.« »Ich kann nicht schlafen.« Sie antwortete dann immer erst morgens. Der bayerische Ministerpräsident musste ja nicht wissen, dass sie ebenfalls wach lag. »Über allen Gipfeln ist Ruh, Horst«, schrieb sie und fügte ein lächelndes Emoticon hinzu. Was heißen sollte, dass sie sich keine Sorgen mache.

Trat der bayerische Ministerpräsident öffentlich auf, gab er sich jedoch ganz anders. Angriffslustig war er da plötzlich und wütend, weil man, wie er sagte, den Stöpsel nicht wieder auf die Flasche kriegen würde. Er, der in Bayreuth kränklich ausgesehen hatte, schien aus seinen Emotionen Kraft zu ziehen; er sah frischer und rosiger aus als noch im

Sommer. Und immer wieder schaffte er es, die Kanzlerin zu ärgern. Aus den Nachrichten erfuhr sie, dass er den ungarischen Ministerpräsidenten nach Bayern eingeladen hatte, jenen Mann also, der einen Grenzzaun aus Stacheldraht baute, um sein Land gegen die Flüchtlinge abzuschotten.

Auch der Innenminister war in der Sache endgültig zum Gegner geworden. Immer noch erkältet, körperlich angeschlagen, trug er nun stets einen dicken Schal. Wenn er ins Kanzleramt kam, dann hatte er den breiten Rücken gebeugt, als müsse er die Last der Masseneinwanderung ganz alleine schultern. Und unentwegt arbeitete er mit seinen Leuten an irgendwelchen Initiativen. Wenn die Grenzen schon nicht geschlossen wurden, dann musste etwas anderes unternommen werden. Unzählige Ideen kamen aus dem Innenministerium. Die Errichtung von Transitzonen. Die Verweigerung des Familiennachzugs. Die Ausweitung der Liste sicherer Herkunftsländer.

Ein alter Freund wurde bei der Kanzlerin vorstellig. Ein ehemaliger Staatssekretär, sehr liebenswürdig und längst pensioniert. Die Kanzlerin freute sich, ihn zu sehen. »Was bringt dich her, Willi?«, fragte sie.

Der ehemalige Staatssekretär rührte in seinem Darjeeling, sagte: »Nichts, nichts, ich wollte nur sehen, wie es dir in diesen Tagen geht. Es ist ja einiges los im Land.«

Das weckte das Misstrauen der Kanzlerin. »Wie? Du wolltest nur sehen, wie es mir geht. Und es ist einiges los im Land. Entscheide dich bitte. Willst du nett mit mir reden? Oder hast du was zu meckern?«

»Ach nein, ich wollte nur sehen, wie es bei dir läuft.«

»Du sollst mich zur Räson bringen, Willi«, sagte die Kanzlerin – und vermutete, dass der konservative Parteiflügel den alten Freund gebeten hatte, mit ihr zu reden. (Tatsächlich steckten die Kanzleramtsmitarbeiter dahinter.) »Sag mir ehrlich, wer hat dich geschickt?«

Beschämt schwieg der ehemalige Staatssekretär. Die Kanzlerin leerte den Tee in einem Zug. Sie erhob sich: »Ich bin nicht verrückt geworden«, sagte sie, »ich weiß, was ich tue. Ich muss mir von euch nicht reinreden lassen.«

Aber wusste sie wirklich, was sie tat? Sie war sich, wenn sie ehrlich war, nicht sicher. Jedenfalls nicht mehr so hundertprozentig sicher, wie sie es zu Anfang gewesen war. Sie hatte die Entscheidung, die Grenzen zu öffnen, sehr rasch treffen müssen. Doch hatte sie auch keine Probleme mit der Entscheidung gehabt und war instinktiv zur Überzeugung gelangt, dass alles gut und richtig sei. Was nun, wenn sie, die im instinktiven Handeln nicht erfahren war, den falschen Instinkt gehabt hatte? Sie erinnerte sich, wie sie, ein paar Jahre zuvor, nach dem Reaktorunglück im japanischen Fukushima ebenso spontan entschieden hatte, aus der Atomkraft auszusteigen. Auch das war überraschend gewesen. Doch da hatte sie die Wähler auf ihrer Seite gewusst.

Die Kanzlerin war Kopfmensch genug zu überlegen, ob sie Fehler gemacht hatte. Vielleicht, so dachte sie, hatte sie sich zu sehr auf ihr Gefühl verlassen. »Wir schaffen das«, hatte sie gesagt, weil sie fand, dass man es schaffen könne, wenn man fest daran glaubte, dass es zu schaffen sei. Was aber, wenn sich nicht alle Flüchtlinge so einfach integrieren ließen wie Hamid Wahhoud? Was, wenn die Deutschen ihren Enthusiasmus bald gänzlich verlieren würden? Dann, ja, dann musste die Kanzlerin halt mit guten Argumenten kommen. Sie musste noch mehr Studien lesen. Experten befragen. Wissen anhäufen. Das übliche Programm.

Die Kanzlerin nahm sich einen ganzen Sonntag. Sie fuhr frühmorgens ins Kanzleramt. Sie kochte einen Verveine-Tee. Sie häufte die Dokumente vor sich auf, die sie an diesem Tag durcharbeiten wollte. Um sich warm zu machen, begann sie mit dem alten Bericht der Enquete-Kommission Demographischer Wandel. Dann las sie die Ergebnisse der koordinierten Bevölkerungsvorausberechnung des Statistischen Bundesamts. Dann die Arbeitsmarktprognose 2030. Sie sah, wie wenige Erwerbstätige wie viele Rentner finanzieren würden und was das für die Sozialsysteme bedeutete. Sie seufzte.

Natürlich konnte die Kanzlerin versuchen, die Bürger mit Zahlen und Fakten zu überzeugen. Natürlich konnte sie Demographiestudien zitieren, um die Öffnung der Grenzen zu rechtfertigen. Natürlich konnte sie über die niedrige Geburtenrate reden. Und über die kontinuierliche Abnahme der Erwerbspersonenzahl. Und über die lindernde Wirkung der »Variante Hohe Zuwanderung«. Doch ging es der Kanzlerin mit dem demographischen Wandel wie mit der Erderwärmung. Solange die damit verbundenen Probleme im Alltag kaum ersichtlich wurden, scherten sich die Leute nicht darum. Und sie konnte denjenigen, die sich vor der Einwanderung fürchteten, auch nicht glaubhaft machen, dass sie ihr im Jahr 2030 womöglich danken würden.

Noch etwas fiel ihr auf. Das Lesen machte ihr keinen Spaß mehr, es war wieder zur Pflichtaufgabe geworden. Wie war das möglich? Sie schaute sich die Bertelsmann-Studie noch einmal an. Vor Kurzem hatte sie die Bertelsmann-Studie gern gelesen, sie hatte die Bertelsmann-Studie geradezu verschlungen. Nun erschien ihr schon der Titel fade und blutleer. »Der Beitrag von Ausländern und künftiger Zuwanderung zum deutschen Staatshaushalt.« Ungeduldig überflog sie die 70 Seiten, sie hatte keine Freude an der Sprache, sie stieß sich an hässlichen Begriffen wie Migrationsarchitektur und Humankapitalbedürfnis. Irritiert nahm sie zur Kenntnis, dass sie den gleichen Text binnen zehn Tagen zweimal gelesen und ganz unterschiedlich empfunden hatte. Sie fragte sich: Bin ich noch bei Trost?

Die Kanzlerin schob die Bertelsmann-Studie zur Seite. Sie ging zum großen Schreibtisch, auf dem das abhörsichere Kryptotelefon stand. Sie bat das Lagezentrum, eine Verbindung zu den Wirtschaftsweisen herzustellen. Der Vorsitzende der Wirtschaftsweisen ging nicht ran, womöglich hielt er gerade Mittagsschlaf. »Macht nichts«, sagte die Kanzlerin, »holen Sie einen anderen Weisen an den Apparat, egal wen«, und als man schließlich einen Frankfurter Professor erreicht hatte, bat die Kanzlerin ihn, so schnell wie möglich die Meinung des gesamten Gremiums einzuholen. Sie sagte: »Die Frage ist ganz einfach: Masseneinwanderung in Deutschland. Gut oder schlecht?« Mehrere Stunden lang berieten die Weisen. Dann riefen sie die Kanzlerin zurück. Kurzfristig stelle die Einwanderung eine Belastung dar, sagten sie, aber langfristig könne sie durchaus positiv wirken, sofern die Integration gelinge. Das also war das Urteil der Weisen, dafür hatte sich die Kanzlerin die Finger wund telefoniert. »Wie heißt es in der Ökonomie so schön? Langfristig sind wir alle tot«, sagte sie gereizt. »Schönen Sonntag noch!«

Dann dachte die Kanzlerin an Europa. Sie rief den Kommissionschef an. »Ich habe die Flüchtlinge nach Deutschland geholt, um die europäische Idee zu schützen«, sagte sie.

»Ja, ich weiß.«

»Wenn wir jetzt alle beginnen, unsere Grenzen zu schließen und Zäune zu bauen, dann ist das der Anfang vom Ende.«

»Genau.«

»Und anstatt Deutschland dafür zu danken, dass wir diese Menschen in einer Notsituation aufgenommen haben, wirft man mir moralischen Imperialismus vor. Moralischer Imperialismus! Was heißt das überhaupt?«

»Tja, da müssen Sie mich nicht fragen, ich hab das nie gesagt.«

»Wir sind jetzt auf die Solidarität Europas angewiesen, wir brauchen eine faire Verteilung der Lasten, einen Verteilungsschlüssel nach dem deutschen Modell. Der Königsteiner Schlüssel, Sie wissen schon …«

»Ja, ja, ja, der Königsteiner Schlüssel.« Der Mann war ganz ihrer Meinung. Aber was sollte er machen? Er war kein Regierungschef, bloß ein einfacher Kommissionspräsident, und er konnte die Flüchtlinge ja auch nicht im Brüsseler Berlaymont-Gebäude einquartieren.

»Warum eigentlich nicht?«, fragte die Kanzlerin sarkastisch und beendete das Gespräch. Sie war jetzt richtig schlecht gelaunt.

Blieb noch das Argument, dass sie keine Wahl gehabt hatte. Sie hatte die Grenzen geöffnet, weil sie in einer humanitären Notsituation handeln musste. Weit Schlimmeres hatte sie verhindert. Die Kanzlerin, am großen Schreibtisch sitzend, streckte den Rücken durch und verschränkte die Hände. Sie probte für ihren Auftritt: »Es steht nicht in meiner Macht, wie viele Flüchtlinge kommen«, sagte sie achselzuckend. »Die Welt rückt immer enger zusammen«, fuhr sie fort, »in Zeiten der Globalisierung …«, und dann wischte sie, plötzlich aufbrausend, das Porträt Katharinas der Großen vom Tisch und rief: »Globalisierung, Digitalisierung … Ich kann diesen ganzen Scheiß nicht mehr hören!«

Inzwischen war früher Abend, der Tag fast verstrichen. Die Kanzlerin holte Luft. Atmete aus. Beruhigte sich allmählich wieder. Eine ganze Weile saß sie regungslos da. Dann stand sie auf. Draußen, auf der Wiese im Tiergarten, spielten ein paar Studenten Fußball. Wie jeden Sonntag. Die Kanzlerin sah dem Spiel eine Weile lang zu. Ach ja, da war er wieder, dieser aus der Ferne irgendwie gutaussehende lange Stürmer, der vor dem Tor stand und wartete, und ein jedes Mal, wenn der Ball zu ihm kam, machte er ihn rein. So war es immer gewesen, so war es auch heute, und die Kanzlerin überlegte, ob sie den Stimmungswandel, den sie da draußen wahrnahm, nicht überschätzte. 80 Millionen Menschen lebten in Deutschland. Welchen Unterschied machte es schon, wenn eine Weile lang täglich ein paar Tausend mehr kamen? Die Deutschen würden auch weiterhin Fußball spielen, sie würden kochen, fernsehen, wandern gehen, und zu Weihnachten würden sie Plätzchen backen, kurz: Sie würden den Großteil ihrer Zeit mit Dingen zubringen, die mit Flüchtlingen rein gar nichts zu tun hatten. Vielleicht hatte sich die Kanzlerin unnötig verunsichern lassen. Nichts Wesentliches hatte sich geändert. Sie musste bloß stark bleiben, die Ruhe bewahren, Zuversicht ausstrahlen. Sie durfte die Leichtigkeit nicht verlieren.

Und da fiel ihr auch der Schriftsteller wieder ein, den sie auf der Buchmesse getroffen hatte. Wie hieß er noch, der kluge Mann? Und wie konnte sie ihn erreichen? Ja, was saß sie denn hier im Kanzleramt rum und telefonierte mit öden Wirtschaftsweisen, wenn sie ganz andere Leute zurate ziehen konnte? Leute mit Vorstellungskraft. Leute, die sich mit Emotionen auskannten. Experten der Phantasie, Fachleute des Gefühls. So schön anschaulich hatte der Schriftsteller erzählt, wie er diese wunderbare Leichtigkeit entdeckt hatte, und sie hatte es versäumt, ihn zu fragen, ob ihm die Leichtigkeit denn treu geblieben sei. Das musste sie unbedingt nachholen – nun, da sie befürchtete, dass ihr die Leichtigkeit, die sie gerade erst gefunden hatte, schon wieder verlorenging.

Ein letztes Mal an diesem Sonntag ging sie zum Kryptotelefon. Sie bat um eine Verbindung. Nach langem Läuten wurde der Schriftsteller in seinem Haus am Bodensee erreicht. Er war weit über achtzig. »Ach, Gott, ja, Frau Merkel, guten Abend«, sagte er. Der unerwartete Anruf war ein bisschen viel für ihn. Und er verstand die Frage nicht, rein akustisch. »Leichtigkeit?«, rief er. »Was meinen Sie mit Leichtigkeit?« Der Schriftsteller litt an Bluthochdruck und Rheuma. Er war sich nicht sicher, warum die Kanzlerin angerufen hatte. Wollte sie sich nach seiner Gesundheit erkundigen? »Nichts ist leicht im Leben«, sagte er philosophisch. Die Kanzlerin dankte ihm und legte auf. Sie vergrub das Gesicht in den Händen. »Wahrscheinlich hat er recht«, dachte sie plötzlich verzweifelt. »Nichts ist leicht im Leben, und alles hat seinen Preis. Also auch das Glück.«

An einem Nachmittag im späten September empfing die Kanzlerin ein paar bayerische Kommunalpolitiker. Die Kommunalpolitiker hatten die Kanzlerin nach Bayern eingeladen. Sie wünschten, dass sich die Kanzlerin die Situation dort anschaue, wo die Flüchtlinge täglich die Grenzen überquerten. Aber die Kanzlerin wollte sich keine Situation anschauen, sie wollte keine überfüllten Turnhallen und Kasernen sehen, sie wollte keine *guided tour* machen, die nur einen Zweck hatte: ihr zu zeigen, wie schwer das alles war.

Also hatte die Kanzlerin die Kommunalpolitiker nach Berlin gebeten. Die Kommunalpolitiker trugen teure Anzüge, weiße Hemden. Sie hatten sich für den Besuch in der Hauptstadt fein gemacht. Unter dem Tisch wippten sie unruhig mit den Knien, bis dieser zu wackeln begann. Die Kommunalpolitiker hatten sich etwas vorgenommen, das war deutlich, und kaum hatte die Kanzlerin sie begrüßt und gesagt, sie sei sehr gespannt auf das Treffen, da ergriff auch schon ein Landrat das Wort.

»Wir sind nicht da, um Ihnen Vorwürfe zu machen, Frau Dr. Merkel. Nur erzählen wollen wir, wie's bei uns in Bayern aussieht.«

Und das taten sie dann auch.

»Frau Merkel, bei uns in Simbach kommen Hunderte über die Grenze gelaufen. Trotz der Grenzkontrollen.«

»In Freilassing sind ein paar sogar geschwommen, die mussten wir aus der Saalach fischen.«

»In Rosenheim haben wir die Züge ausgesetzt, weil's zu viele Leute war'n.«

»In den Grenzstädten können's den Einzelhandel bald dichtmachen, wenn wir weiter so überrannt werden.«

Die Kanzlerin saß da und hörte zu. Das Zuhören war eine besondere Fähigkeit der Kanzlerin. Jedenfalls hieß es immer wieder, sie sei eine meisterhafte Zuhörerin. Immer schon hatte sich die Kanzlerin über diesen Ruf gewundert. Denn das Zuhörenkönnen ist eine Eigenschaft, die im Niedriglohnsektor ganz selbstverständlich vorausgesetzt wird. Niemand würde über eine Kindergärtnerin oder eine Friseuse sagen: Sie ist wirklich einzigartig, sie kann gut zuhören. Doch in der globalen Machtelite galt die Fähigkeit, sich auf das zu konzentrieren, was jemand anderes sagte, offenbar als Alleinstellungsmerkmal.

Doch fand die Kanzlerin dieses Mal keine Freude am Zuhören. Sie war gerade aus New York zurückgekehrt, hatte vor der UNO-Vollversammlung gesprochen, da ging es um die Beseitigung von Hunger und Armut weltweit, um die wirklich großen Dinge also – und nun musste sie mit ein paar Kommunalpolitikern zusammensitzen, die kleinteilig wiedergaben, woran es in Ober- und Niederbayern fehlte, und schlechte Laune verbreiteten. Schon bald schweifte die Kanzlerin ab, sie dachte an Herrn Wahhoud – und plötzlich hatte sie eine spannende Idee.

Sie würde die Kommunalpolitiker mit Hamid Wahhoud zusammenbringen. »Treffen Sie einen Flüchtling«, würde die Kanzlerin den Kommunalpolitikern sagen, »tauschen Sie sich mit ihm aus«, und dann würde sie diesen Flüchtling aus dem Hut zaubern, der praktisch den gesamten Goethe und Schiller gelesen hatte. Die Begegnung würde den Kommunalpolitikern Mut machen. Denn lag nicht da die Krux? Dass die Deutschen die Flüchtlinge lediglich als Problem erlebten und nicht als Menschen. Als Belastung und nicht als Bereicherung.

Die Kanzlerin nutzte eine Atempause, um sich in das Gespräch, das schon viel zu lange andauerte, einzuschalten. »Vielen Dank für Ihren Bericht«, sagte sie. »Ich kann Ihnen versichern: Ich höre, was Sie mir sagen. Ich verstehe Ihre Not. Ich weiß, wie hart Sie arbeiten. Und ich kann Ihnen versichern, dass auch ich hart arbeite. Tag und Nacht suchen wir hier im Kanzleramt nach einer Lösung für die Probleme, die Sie mir so lebendig geschildert haben. Aber sagen Sie noch rasch: Haben Sie persönlichen Kontakt zu Flüchtlingen?«

Schweigen.

Die Kanzlerin holte Luft. Sie wollte gerade auf Herrn Wahhoud zu sprechen kommen, da kam ihr einer der Kommunalpolitiker zuvor. »Ich bitte Sie, Frau Merkel«, sagte er mit kaum verhohlener Erregung, »selbstverständlich haben wir Kontakt – mehr als Sie in Berlin allemal«, und da begannen die Kommunalpolitiker nun, alle durcheinander zu reden, immer lauter wurden sie, wobei sie unwillkürlich ins Bairische wechselten.

»In Wegscheid am Inn hams' jetzt a Zelt aufbaut. Do gibts für jedn Flichtling, der kimmt, a hoaß Getränk, do kimmt ma scho moi ins G'spräch. Bloß kemman ja so vui, ma woaß gor nimma, mit wem ma's z'doa hod.«

»Ja, g'nau. De ham ja olle ihre Pässe wegg'schmissn, dass ma's ned obschiam konn.«

»Mir ham ja koa Ahnung, wer des ois is'.«

»Neilich, do hob i oan g'frogt, wia hoaßt, und er hod g'sogt, er woaß ned. Des soin mir glaum?!«

»In Passau hams' an Afrikaner dawischt, a Schwoazer war des, und sie hamna g'frogt, wohera kimmt, und do hoda g'sogt: Er kamat aa aus Homs, des is' so a Stod in Syrien. Unsre Leid blickan do nimma durch.«

Die Kommunalpolitiker erzählten von aufdringlichen Flüchtlingen und verängstigten Bürgern. Die Kanzlerin, im Stuhl zusammengesunken, ergab sich ihrem Jetlag. Schweigend saß sie da, bis die Kommunalpolitiker, nach zweieinhalb Stunden, ausgeredet hatten. Als der Landrat, der zuerst gesprochen hatte, zum Abschied erklärte: »Des war a interessants G'spräch, des soiad ma boid wieda macha«, da nickte die Kanzlerin bloß ermattet.

Noch ein Auslandsbesuch stand an. Die Kanzlerin musste nach Indien. Sie hatte weite Reisen immer gern unternommen. Sie mochte das Gefühl, zwischen Kontinenten in der Luft zu sein, irgendwo und nirgendwo zugleich. Sie mochte es auch, an einem entlegenen Flughafen anzukommen, weit außerhalb der Stadt, und durch nicht enden wollende Vororte zu fahren. Und sie mochte es, spätabends im Hotelzimmer für ein paar Minuten auf den Balkon zu treten, sich gegen die Brüstung zu lehnen und hinunterzuschauen, auf von Palmen gesäumte Straßen oder auf das nachtblaue Glitzern eines Meeres.

Wahrscheinlich stammte das Fernweh der Kanzlerin noch aus ihrem ersten Leben in der DDR, als ihr Weltreisen verwehrt gewesen waren. Sie hatte sich das Staunen bewahrt, den Blick dafür, wie fremd und einzigartig andere Länder waren. Auf Reisen ließ sie deshalb immer etwas auf das Programm setzen, das ihr diese Einzigartigkeit nahebrachte. Mongolische Viehzuchtbetriebe besichtigte sie mit dem gleichen ethnologischen Blick für das Andere wie kalifornische Hightech-Firmen. Sie erkundigte sich nach scheinbar unwichtigsten Einzelheiten. Es befriedigte sie, den Besuch einer norwegischen Lachsfarm zu nutzen, um sich über Ernährung und Besatzdichte der Fische zu informieren.

Und auf internationalen Gipfeltreffen, beim Mittagessen mit anderen Regierungschefs, wunderte sie sich immer, wie wenig neugierig die Kollegen waren. Diese Menschen, die ja bestimmt nicht dumm waren, redeten bloß über ihr Hotelzimmer, über das Essen und über die Servicequalität des Landes, in dem sie sich gerade befanden.

Wenn die Kanzlerin dann beispielsweise erzählte, dass man auf norwegischen Lachsfarmen Lumpfische einsetzte, um die Lachse gegen Lachsläuse zu schützen, dann schauten sie die anderen Regierungschefs so entgeistert an, als habe sie die Lachsläuse ins Hotel mitgebracht und im Speisesaal ausgesetzt.

Die deutschen Journalisten, die auf den Reisen dabei waren, hatten bemerkt, wie gutgelaunt die Kanzlerin im Ausland war. Sie hatten daraus geschlossen, dass die Kanzlerin die Außenpolitik bevorzugte. Dass sie sich aus dem Tagesgeschäft, aus den mühseligen Verhandlungen über Rentenreformpakete und Ähnlichem, gewissermaßen flüchtete. Die Kanzlerin selbst hatte ihre Reisen nie als Flucht verstanden, doch nun, Anfang Oktober, war ausnahmsweise etwas dran an der Beobachtung. Sie wünschte sich weg aus Deutschland. Zumindest für ein paar Tage. Die Reise nach Indien kam zur rechten Zeit.

Und es war ja auch so, dass sie im Ausland mit einem Mal die Anerkennung erhielt, die daheim zu schwinden schien. Bei den Buchmachern in London wurde die Kanzlerin als Favoritin auf den Friedensnobelpreis geführt. Ein israelischer Historiker sagte, sein Land solle sich an der deutschen Flüchtlingspolitik ein Beispiel nehmen. Selbst die berühmte *New York Times*, die sonst eher zurückhaltend urteilte, war begeistert, und eigentlich, so dachte die Kanzlerin, müsste die *New York Times*, die mit Abstand auf das Geschehen schaute, einen klareren Blick haben als die bayerischen Kommunalpolitiker. Genau diesen Blick erhoffte sich die Kanzlerin von der Indienreise. Sie wollte erleben, wie sich ihre Politik aus der Ferne machte. Vielleicht wollte sie sich sogar ein bisschen feiern lassen, das musste auch mal sein.

Es war schon dunkel, Sonntagnacht, als die Kanzlerin in Delhi eintraf. Sie stieg aus der Maschine und genoss die Wärme. Ein subtropisches Lüftchen streichelte ihre Haut. Sie winkte. Sie lief, ein wenig steif in den Hüften, die Gangway hinunter auf das Rollfeld. Der indische Premierminister hatte sich entschuldigen lassen und seinen Finanzminister geschickt. Der indische Finanzminister hielt einen Blumenstrauß in den Händen. Ein paar rosa Orchideen, zellophanverpackt, nicht allzu großzügig bemessen.

»Flowers«, sagte die Kanzlerin und nahm dem indischen Finanzminister die Blumen ab, »how nice.« Sie vergaß, den Strauß an ihre Leute weiterzureichen, und stieg in den bereitstehenden schwarzen Mercedes. Ein bisschen wie eine Braut kam sie sich vor. Wie sie da mit ihrem Blumenstrauß auf der Rückbank saß – und neben sich anstelle des Bräutigams einen indischen Finanzminister, verklemmt lächelnd, mit randloser Brille und dünnen, über die Stirn gekämmten Strähnen.

Die Kanzlerin schaute, wie üblich, aus dem Fenster und stellte Fragen. »This is a poor neighborhood, yes?«, sagte sie.

Der indische Finanzminister nickte. »Yes«, sagte er.

»What's its name?«

»Let me see.« Der indische Finanzminister warf einen angestrengten Blick aus dem Wagenfenster. »This part of town doesn't have a name yet«, sagte er dann, um zu kaschieren, dass er den Namen des Elendsviertels, das die

Kanzlerin so eingehend musterte, nicht kannte. »It's a fairly new development.«

»Aha«, sagte die Kanzlerin. Sie zeigte auf eine riesige Werbetafel über der Straße. »I see a lot of advertisements for mobile telephones here. Is it like in Africa? That people don't have normal telephones anymore?«

»Yes«, sagte der indische Finanzminister, ohne sich anmerken zu lassen, dass ihn der Vergleich mit Afrika ein wenig irritierte.

Die Kanzlerin, weiter aus dem Fenster schauend, ließ ein paar Sekunden verstreichen. »That boy«, sagte sie dann. »What is he selling? Mangos?«, und sie wandte den Kopf, um den Jungen, der der vorbeifahrenden Limousine winkte, im Blick zu behalten.

Der indische Finanzminister drehte sich ebenfalls um, sagte: »Yes, mango lassi«, und weil er fand, dass ein zwölfjähriger Slumbewohner, der nachts am Straßenrand Mangomilch verkaufte, nicht dem Bild entsprach, das er von der kommenden Wirtschaftsmacht Indien vermitteln wollte, fügte er hinzu: »He's just a little boy.«

»Aha«, sagte die Kanzlerin. Sie merkte, dass sie mit der Fragerei nichts erreichte. Ein interessantes Gespräch wollte sich einfach nicht ergeben. Zur Hölle mit den Fragen, dachte die Kanzlerin. Sie, die sonst fast nie etwas von sich preisgab, beschloss, es einmal andersherum zu probieren. Sie würde nicht fragen, sondern von sich erzählen. »In East Germany«, sagte sie, »we didn't have mangos.«

»You didn't have mangos?«

»We had no exotic fruit«, bestätigte die Kanzlerin, »no bananas, no kiwis, no mangos«, und dann begann sie zur eigenen Überraschung, vom Tag nach dem Mauerfall zu erzählen: »The day after the wall fell, I went to West Berlin to buy fruit. We went to the KaDeWe. That is a department store in West Berlin. Do you know it?«

»I believe I do«, sagte der indische Finanzminister.

»I was with my sister that day. She's an ergotherapist now. And I am the German Chancellor, of course. So we had very different careers.« Sie fixierte den indischen Finanzminister mit einer Intensität, die ihm unangenehm war, sodass er sich abwandte und seinerseits aus dem Fenster schaute.

»That's what the fall of the wall did to us East Germans«, fuhr die Kanzlerin fort. »It changed people's lives. Which is kind of scary«, und sie wunderte sich darüber, wie schlicht und zugleich profund das klang, was sie in ihrem nicht ganz perfekten Englisch erzählte. Vielleicht fiel es ihr auch leichter, so etwas in einer Fremdsprache zu formulieren. Es machte sie unbefangener.

»But anyway«, sagte sie, »we went to the KaDeWe, and they had everything. It was a shock, seeing all those products. So many products«, und sie nickte, als müsse sie sich das, was sie gerade gesagt hatte, selbst bestätigen. »They had a whole floor just for perfumes. Hundreds of handbags like this one.« Sie zeigte auf die Handtasche, die auf ihrem Schoß lag, verborgen unter Orchideen. »And toys for children. I was thinking: Who needs all these toys? I thought it's all too much!«

Der indische Finanzminister räusperte sich, schwieg.

»And it's so funny, you know«, sagte die Kanzlerin. »In my family we had a saying: When the wall falls, we'll go to the Kempinski Hotel and eat oysters.«

»That's nice.«

»Yes, it is. But when we went to West Berlin ...« Sie stockte. »... I didn't feel like eating oysters. Instead, we went to the fruit section, and, of course, it was full of other East Germans who wanted to buy fruit, too. And we looked at all those people and then we looked at the fruit, and you know what I said to my sister?«

»No, I don't«, sagte der indische Finanzminister.

»I said: I can't buy anything here. Let's go back to East Berlin. And so we left. And we didn't buy anything.«

»Why not?«

»Tja«, sagte die Kanzlerin und überlegte sehr lange, und dann sagte sie: »It would have felt wrong«, und dann überlegte sie noch ein bisschen mehr und fügte ein leises »I guess« hinzu, und dann sagte sie nichts mehr. Sie schaute aus dem Fenster, sah das Gerippe eines unfertigen Hochhauses, das einsam auf einer riesigen Sandfläche stand. Als der indische Finanzminister ganz sicher war, dass die Kanzlerin ausgeredet hatte, sagte er: »Interesting.«

Er war ein ehemaliger Investmentmanager und noch überfordert von seinem neuen Job als Junior Finance Minister. Deshalb wusste er nicht, wie unüblich es war, dass eine ausländische Regierungschefin – die mächtigste Frau der Welt noch dazu – etwas derart Persönliches von sich erzählte. Aber ganz geheuer war ihm das Gespräch trotzdem nicht. So rasch wie möglich wollte er sich einem Thema zuwenden, das ihm mehr behagte. Also erklärte er: »In India, we no longer depend on the export of mangos and other agricultural products«, und er schilderte die Modernisierung der indischen Volkswirtschaft, die in den letzten Jahren ein wenig ins Stocken geraten war. Er sprach über die Hightech-Industrie und die Konkurrenz zu China – und über die Pläne seiner Regierung, die Unternehmen mit Steuersenkungen zu entlasten. Wäre die Kanzlerin in ihrer üblichen Reisestimmung gewesen, dann hätte sie die mit ökonomischen Daten angereicherte Darstellung des indischen Finanzministers womöglich aufgesogen. Aber sie war mit den Gedanken woanders. Im Kaufhaus des Westens. An einem Novembertag im Jahr 1989. Sie sah die Obsttheke noch vor sich. Als sei kein Vierteljahrhundert vergangen. Sie sah Feigen und Litschis. Granatäpfel und Babybananen. Ingwerknollen. Und einen ganzen Korb voller Mangos.

Die Kanzlerin hatte sich von ihrer Indienreise ein bisschen Abstand erhofft. Eine Perspektive aus der Distanz. Einen frischen und aufgeräumten Blick auf das, was in Deutschland geschah. Sie merkte jedoch bald, dass sie viel zu beschäftigt war, um die nötige Ruhe zu finden. Sie musste Deutsch-Indische Regierungskonsultationen leiten. (Sehr ermüdend.) Sie musste Rosenblätter auf das Mahatma-Gandhi-Denkmal streuen, eine Steinplatte, in die Gandhis letzte Worte eingraviert waren (»Oh Gott«). Sie musste der feierlichen Rückgabe der Durga beiwohnen, einer gestohlenen Statue, die in den Besitz eines Stuttgarter Museums gelangt war und nun dem Herkunftsland zurückerstattet wurde. Der indische Premierminister erzählte ihr, dass die Göttin Durga einen bösen Büffeldämon besiegt habe, der immerzu die Gestalt gewechselt habe und mal als Elefant und mal als Löwe aufgetreten sei. Die Kanzlerin kniff die Augen zusammen und versuchte, die Arme der Göttin zu zählen. (Es waren verdammt viele.)

Zum Glück hatte die Kanzlerin einen Termin ausgemacht, von dem sie sich einiges versprach. Sie war nämlich nicht nur mit dem indischen Premier verabredet, ein Nationalist und eher beschränkt, sondern auch mit dessen Vorgänger. Der ehemalige Premierminister Indiens war ein Sikh. Ein belesener Akademiker, ein Gelehrter schon fast, der vor Jahrzehnten eher zufällig in die Politik geraten war. Die Kanzlerin kannte ihn schon lange und empfand ein Grundvertrauen zu diesem Mann, der einen hellblauen Turban auf dem Kopf trug, dazu den weißen Bart recht lang für ein Staatsoberhaupt. Sie assoziierte ihn (ein Klischee, sie wusste es selbst) mit asiatischer Weisheit und Gelassenheit.

Seltsamerweise war es nicht ganz einfach gewesen, den Termin zu vereinbaren. Die Kanzlerin hatte den klugen Inder gefragt, ob sie ihn an einem Ort seiner Wahl besuchen könne. Sie hatte ihm keine Umstände machen wollen, immerhin war er dreiundachtzig Jahre alt. Aber anscheinend verfügte der ehemalige Premier, der im vorangegangenen Jahr zurückgetreten war, über kein eigenes Büro mehr, und er wollte die Kanzlerin partout nicht bei sich zu Hause empfangen. Also hatte sie ihn auf ihr Hotelzimmer bestellt.

Zur verabredeten Zeit saß die Kanzlerin auf dem Sofa und wartete. Sie hatte die Tür zum Schlafzimmer zugemacht, und in der kleinen Küche, die ihr in der Suite des Taj-Mahal-Hotels zur Verfügung stand, einen Bärlauch-Tee gekocht. Sie hatte den Bärlauch-Tee eigens aus Deutschland mitgebracht, weil sie wusste, dass der ehemalige Premier das Heilkraut besonders schätzte. Dazu das Sanddorn-Pflegeset von Weleda, ein Geschenk für die Ehefrau. Die Kanzlerin schaute ungeduldig auf die Uhr. Der ehemalige Premier war zu spät.

Dann ein Anruf von der Rezeption. »We have a big group here wanting to see you.«

Die Kanzlerin, überrascht, sagte: »No, that must be a mistake. I'm expecting the former Prime Minister. Mister Manmohan Singh.«

»Yes, he's here. But he's brought some people along. I'm afraid they have to go through a checking procedure. It'll take a few minutes.«

Die Kanzlerin hatte im Wissen, dass sie am späten Nachmittag nach Bangalore weiterfliegen musste, bloß eine halbe Stunde für das Treffen eingeplant. Sie ärgerte sich. Unnötig viel Zeit war schon verstrichen, die für geistreiche Gespräche hätte genutzt werden können. Und der Bärlauch-Tee war kalt geworden. Schließlich ein Klopfen. Der ehemalige Premier stand in der Tür. Auf dem Kopf den Turban. Und hinter ihm etwa zwanzig junge Männer.

»Hello Ms Chancellor.« Der ehemalige Premier trat ein und breitete die Arme aus, um die Kanzlerin zu umarmen. Widerwillig fügte sie sich und meinte, sich zu erinnern, dass der ehemalige Premier sie, trotz aller Freundschaft, nie umarmt hatte. Sie wand sich aus der Umarmung und warf einen fragenden Blick auf die jungen Männer, die, einer nach dem anderen, ihr Hotelzimmer betraten und die Schuhe auszogen.

»So sorry to barge in on you like this«, sagte der ehemalige Premier fröhlich und erklärte, seine jungen Begleiter seien Studenten der renommierten Panjab University in Chandigarh. Dort nämlich habe er einen Posten angenommen, nein, nicht der Forschung, sondern der Lehre wegen. Indiens künftige Elite wolle er in die Geheimnisse der Weltpolitik einführen. Bedeutungsvoll hob er die Brauen. »And what an opportunity for them«, sagte er dann. »To meet the world's most powerful woman and …«, und er lächelte ironisch, »… the probable winner of this year's Nobel Peace Price.«

»Yes, well«, sagte die Kanzlerin. Sie hatte sich etwas anderes vorgestellt. Ein ernsthaftes Gespräch unter vier Augen. Keine Showveranstaltung, die dem ehemaligen Premier dazu diente, künftige Studenten zu beeindrucken. (So zumindest erschien es der Kanzlerin, und sie hatte ein Gespür für solche Dinge.) War auch der ehemalige Premier der Krankheit anheimgefallen, die so viele Regierungschefs infizierte, wenn sie ihr Amt verloren? Der Kampf gegen den Bedeutungsverlust. Der Geltungsdrang. Und damit, unweigerlich, Lächerlichkeit.

»So these are your students?«, fragte die Kanzlerin.

Der ehemalige Premier ließ sich auf den ihm angebotenen Sessel fallen. »My students, yes«, sagte er, und er bedeutete den jungen Männern mit einer Handbewegung, dass sie sich im Kreis um ihn auf den Teppichboden setzen sollten. Das taten sie denn auch. Wieder schaute die Kanzlerin auf die Uhr. Ein paar Minuten blieben noch. Weshalb sie flugs zum Punkt kam.

»You've probably seen the news about the refugees in Germany«, sagte sie. Der ehemalige Premier nickte. »Oh yes«, sagte er.

»Okay then«, sagte die Kanzlerin, und sie bemerkte, dass sie womöglich unsicher wirkte. Fast wie ein Mädchen fühlte sie sich, das einen strengen Vater um Anerkennung bat. »What do you think of my refugee policy?«

Der ehemalige Premier strich sich mit den Fingern über den weißen Bart. »That's an interesting question«, sagte er und schwieg. Dann sagte er: »It's good for India.«

»Why?«, fragte die Kanzlerin überrascht.

»Well«, antwortete der ehemalige Premier. »If you keep going like this, India can soon invade Pakistan. Because all the Pakistanis will be in Germany.«

Wieder schwieg der ehemalige Premier. »Just kidding«, sagte er dann. Und lachte. Und die Studenten schlossen sich ihm an. Alle lachten. Ein kakophonisches Gelächter füllte den Raum, kieksend, quietschend, brüllend. Die Kanzlerin lächelte äußerst schmallippig.

»But seriously«, rief der ehemalige Premier in das Gelächter hinein. Und da war es gleich wieder still. Die Studenten warteten gespannt, was er als Nächstes sagen würde. »Your refugee policy …«, sagte der weise Inder und wackelte mit dem Kopf, »… is a big mistake.«

Enttäuscht kehrte die Kanzlerin aus Indien zurück. Der ehemalige Premier hatte ihr gesagt, es sei wichtiger, die Fluchtursachen zu bekämpfen, als lauter junge Männer nach Deutschland zu holen, die in den Herkunftsländern dringend benötigt würden. Das hatte die Kanzlerin schon ein paar Mal gehört. Sie hätte dafür nicht nach Indien fahren und eigens ein Treffen anberaumen müssen.

Überhaupt kannte sie die Argumente ihrer Kritiker inzwischen zur Genüge. Die Gegner kamen von rechts und von links, aus dem Inland und aus dem Ausland, sie waren Konservative und Liberale, Populisten und Kommunisten, und wenn die Kanzlerin darüber nachdachte, wer sich alles äußerte und wie, dann kam sie sich ein bisschen so vor, als müsse sie selbst zur mehrarmigen Göttin Durga werden, um ein Monster zu besiegen, das ihr mal als Löwe, mal als Elefant und mal als Büffel erschien.

Die Kanzlerin habe lauter Leute ins Land geholt, die gar keine echte Not litten, meinten die einen. Die anderen sagten, die Flüchtlinge seien von ihren Kriegserfahrungen traumatisiert und deshalb brandgefährlich.

Viele fanden, die Pfarrerstochter sei mit der Kanzlerin durchgegangen. Noch mehr sagten, dass sie die Werte der Christlich Demokratischen Union verraten habe.

Und wer die Kanzlerin schon immer für eine kühle Opportunistin gehalten hatte, die ihr Fähnchen nach dem Wind hänge, vertrat nun die Ansicht, sie habe sich selbstherrlich über den Willen des Volkes hinweggesetzt – und die Zuwanderung mit ihren überschwänglichen Willkommensgesten noch angeheizt.

Darüber hinaus gab es noch jene, die sich gar nicht erst die Mühe machten, Argumente zu formulieren. Jene, die einfach nur hassten und sich in Leserkommentaren und sozialen Medien, auf Marktplätzen und Protestkundgebungen äußerten. Seitdem die Kanzlerin Heidenau besucht hatte, war sie mit diesen Menschen nicht mehr in Berührung gekommen. Bloß aus zweiter Hand (aus den Medien und aus der Morgenlage) wusste die Kanzlerin, dass die Zahl derer, die »Merkel« auf »Ferkel« reimten und wüste Schmähgesänge anstimmten, inzwischen weit größer war als noch im Sommer.

Nun war die Kanzlerin grundsätzlich der Meinung, dass sie wissen musste, was ihre Gegner über sie sagten. Sie empfand es geradezu als Pflicht, darüber informiert zu sein. Doch hatte sie die Arbeit immer wieder aufgeschoben. Eine Mappe, die sie zum Thema hatte anfertigen lassen, war lange ignoriert und schließlich in die Schreibtischschublade geschoben worden, in der sich auch die *Bild am Sonntag* vom ersten Septemberwochenende befand. (»Merkel beendet die Schande von Budapest«, eine fast schmerzlich schöne Erinnerung an andere Zeiten.)

Als die Kanzlerin eines Abends Mitte Oktober ein paar Stunden für sich hatte und nichts Besseres zu tun, überwand sie sich. Sie kochte einen Verveine-Tee. Sie ging zum Mahagonitischchen. Sie nahm die Mappe zur Hand. Mit wachsendem Schrecken las sie die Kommentare, in denen sie als »Berufskriminelle« und »Mutter Terroresia« bezeichnet wurde. (Besonders abfällige Bezeichnungen hatten die wohlmeinenden Mitarbeiter mit Textmarker angestrichen.) Auch Screenshots von Facebook-Seiten fanden sich in der Mappe. Die Kanzlerin sah Bilder (neongelb eingekreist), die sie hinter Gittern und mit Hijab zeigten, im Sarg liegend und ans Kreuz genagelt, und ein User hatte ihren Kopf auf den Körper des Flüchtlingsjungen montiert, der Anfang September tot am Strand von Bodrum gelegen hatte.

Hass war der Kanzlerin fremd. Sie selbst hasste nicht, war sich jedenfalls keines Hasses bewusst. Außerdem fand sie, dass Hass in der politischen Auseinandersetzung nicht hilfreich war. Hass führte nicht weiter. Die Kanzlerin war gegen den Hass, und als sie nun, an ihrem Schreibtisch sitzend und Verveine-Tee trinkend, den Hass studierte, fragte sie sich immer wieder: Warum? Wer sind diese Leute? Was würden sie tun, wenn sie mir plötzlich auf der Straße begegneten? Wären sie dann (typisch deutsch) höflich und obrigkeitshörig? Oder würden sie mich um die Hauser jagen?

Die Kanzlerin sah sich die Bilder einer Kundgebung in Dresden an, sie sah die Menschen, die mit ihren »Merkel-muss-weg«-Bannern durch die Straßen liefen, und dann stutzte sie. Sie setzte das Video zurück. Und noch einmal. Und noch einmal. Sie meinte nämlich, hinter einem Redner eine Person durchs Bild huschen zu sehen, die ihr sehr bekannt vorkam. Die dunkelblaue Jacke mit dem falschen Fellkragen. Das weiße Wollmützchen. War das nicht ihre Putzfrau?

»Das kann doch nicht sein«, sagte die Kanzlerin laut. Den Hass von Menschen, die ihr nie begegnet waren, konnte sie vielleicht noch ertragen. Aber die Frau, die seit

Jahren jeden Mittwoch in den Kupfergraben kam? Die Kanzlerin erinnerte sich noch gut, wie sie damals darauf bestanden hatte, die Suche nach einer Reinigungskraft selbstständig durchzuführen. »Ist meine Sache«, hatte sie im Kanzleramt gesagt – und eine unauffällige Annonce in die Zeitung gesetzt. »Putzhilfe für Privatwohnung benötigt. Absolute Diskretion ein Plus«. Der Verfassungsschutz hatte die Bewerbungsschreiben mit sämtlichen Datenbanken abgeglichen und dem Vorschlag der Kanzlerin zugestimmt. Die gelernte Facharbeiterin für Schreibtechnik aus Kaulsdorf sollte es werden, die zuletzt in einem Berliner Kaufhaus geputzt hatte und nie in irgendeiner Weise auffällig geworden war. Die kleine ältere Dame, schon über sechzig, mit lockengewickeltem Silberhaar, putzte ein wenig schludrig, wahrscheinlich altersbedingt. Wenn sie sich bücken musste, was beim Putzen ja durchaus vorkam, seufzte sie laut und rief: »Ach Gottchen.« Entlegene Winkel ließ sie zuverlässig aus, weshalb Sauer das Arbeitsverhältnis längst hatte beenden wollen. Doch die Kanzlerin hatte sich stets für ihren Verbleib ausgesprochen, aus humanitären Gründen, wie sie scherzhaft sagte, nicht aus hygienischen.

Wahrscheinlich war die Kanzlerin auch deshalb so enttäuscht. Was dachte sich diese Frau eigentlich? Was ging ihr durch den Kopf, wenn sie im Kupfergraben sauber machte. Wechselte sie die Bettwäsche und dachte: Volksverräterin? Murmelte sie staubsaugend: Merkel muss weg? Rief sie feudelnd: Ich bin das Volk?

Die Kanzlerin fand, dass sie die Putzfrau zur Rede stellen sollte. »Wo stehen Sie eigentlich politisch?«, würde sie sagen. Oder noch besser: »Was halten Sie von meiner Flüchtlingspolitik, Frau Fuchs?« Ja, vielleicht war es auch gut und richtig, mit so jemandem ganz offen zu reden. Zu sagen: »Nein, heute putzen Sie nicht, heute reden wir drei Stunden lang über inhaltliche Fragen, und ich bezahle Sie sogar dafür.«

In diesem Sinne also beschloss die Kanzlerin, am folgenden Mittwochvormittag zu Hause zu bleiben. So ein Bürgerdialog, ganz privat und ohne Publikum, war womöglich wertvoller und aussagekräftiger als manches Gespräch im Kanzleramt. Die Kanzlerin wollte verstehen, was ihre Feinde wirklich bewegte. Und wenn sie die Motive ihrer Feinde besser verstand, würde sie – ein kühner Gedanke, sie wusste es selbst – vielleicht auch erfahren, wie sie diese Leute zurückgewinnen könne.

Die Putzfrau klingelte um neun Uhr. Pünktlich. Die Polizisten hatten sie unten reingelassen.

»Guten Morgen, Frau Fuchs«, sagte die Kanzlerin.

»Guten Morgen, Frau Dr. Merkel«, sagte die Putzfrau – und wie die Kanzlerin die Putzfrau sah, so alt und verletzlich, so arglos lächelnd, beschloss sie, dass sie sich wahrscheinlich geirrt hatte. Diese Frau konnte ihr nichts Böses wollen.

»Schön, dass Sie da sind«, sagte die Kanzlerin, und weil die Putzfrau erwartungsvoll blinzelte, als müsse noch etwas folgen, fügte sie hinzu: »Würden Sie den Backofen reinigen? Ich habe neulich Kohlrouladen gemacht.«

Im Kanzleramt hatte die Kanzlerin bereits angekündigt, dass sie ausnahmsweise von zu Hause aus arbeiten würde. Sie zog sich in das Arbeitszimmer zurück. Doch merkte sie rasch: Auf die Arbeit konnte sie sich nicht konzentrieren. Sie hörte zu, wie der Staubsauger durch die Räume wanderte. Wie der Wischmopp gegen die Wandkanten stieß. Und je länger sie der Putzfrau beim Feudeln, Saugen und Seufzen zuhörte, desto stärker meldete sich das Misstrauen zurück. Zwei Stunden verstrichen. Dann klopfte die Putzfrau, fragte: »Soll ich auch noch Ihr Zimmer machen, Frau Dr. Merkel?«

»Nicht nötig«, erwiderte die Kanzlerin. »Ich hab zu tun. Machen Sie ruhig Feierabend«, und sie stand auf, um die Putzfrau zur Tür zu bringen.

Die Putzfrau wusch sich die Hände. Sie zog sich die Jacke mit dem falschen Fellkragen an. Sie setzte das weiße Wollmützchen auf. Alles sehr umständlich, es brauchte Zeit, und die Kanzlerin dachte immer noch darüber nach, ob sie die Putzfrau auf die Protestkundgebung ansprechen solle.

»Also dann«, sagte die Putzfrau. Sie stand schon in der Tür.

»Also dann, Frau Fuchs«, erwiderte die Kanzlerin, und nun wollte sie es doch wissen. »Grüßen Sie die Familie in …«, sie schaute die Putzfrau prüfend an. »… Dresden, richtig?«

»Ja, in Dresden. Tschüss, Frau Dr. Merkel.«

Die Kanzlerin blieb allein. »Also auch Frau Fuchs«, murmelte sie – und fühlte sich sehr einsam. Sie hatte in den nächsten Tagen einiges zu tun. Doch wann immer sie zwischen Gesprächen und Sitzungen Zeit hatte, dachte sie fortwährend: Ich bin unglücklich, ich bin unglücklich, ich bin unglücklich. Ihre alte Theorie fiel ihr wieder ein. Dass auf gute Zeiten unweigerlich schlechte Zeiten folgten und Glück mit Unglück bezahlt werde. Langsam, so meinte sie, hatte sie genug bezahlt.

Das Einzige, was der Kanzlerin bis zuletzt Spaß gemacht hatte, waren die Treffen mit dem Social Media Analysten. Sie hatte sich über die regelmäßigen Updates gefreut. Nicht nur die Weimarer Klassiker hatte Hamid Wahhoud inzwischen gelesen, sondern auch die Romantiker und die bürgerlichen Realisten. Fontanes *Wanderungen durch die Mark Brandenburg* – ein Lieblingsbuch der Kanzlerin – hatte der Flüchtling richtiggehend verschlungen.

Doch trübte die Einsicht, dass Hamid Wahhoud ein Sonderfall war, die Freude der Kanzlerin zunehmend. Sie kannte die jüngsten Erhebungen. Man ging davon aus, dass die große Mehrheit der Flüchtlinge, die kamen, bloß über eine rudimentäre Schulbildung verfügten. Die ersten Erfahrungen der Betriebe, die Flüchtlinge eingestellt hatten, waren ernüchternd. Und dann kam da dieser Hölderlin lesende Herr Wahhoud. Ein Einhorn war er unter den Flüchtlingen. Leicht irritiert fragte sich die Kanzlerin, ob jemand, der ein derart hervorragendes Deutsch sprach, dass ihn jeder schwäbische Mittelständler als Lehrling nähme, wirklich so viel lesen musste. Lesen an sich war nicht falsch. Aber von einem Flüchtling, der lediglich las, hatte Deutschland langfristig nichts. Nicht mal Leuchtturmcharakter hatte dieser Herr Wahhoud.

Die Kanzlerin, im Büro sitzend und über Hamid Wahhoud nachdenkend, ließ den Social Media Analysten zu sich rufen. Schon wieder, er freute sich. Sein Job im Kanzleramt, den er anfangs eher gelangweilt versehen hatte, gefiel ihm mit einem Mal sehr. Freunde und Bekannte beneideten ihn. In Berlin-Kreuzberg, wo er zu Hause war, gab es viele Menschen, die gut fanden, was die Kanzlerin machte. Und in den sozialen Medien trendete die Kanzlerin – zumindest dort, wo der Social Media Analyst unterwegs war. Ja, der Social Media Analyst mochte die Kanzlerin. Und er mochte auch Hamid Wahhoud, mit dem er sich angefreundet hatte.

Er klopfte. »Tür ist offen«, rief die Kanzlerin, und der Social Media Analyst merkte schon am Klang ihrer Stimme, dass etwas anders war als sonst.

»Dieser Herr Wahhoud«, sagte die Kanzlerin und bot dem Social Media Analysten nicht einmal einen Platz an. »Warum liest er so viel?«

Der Social Media Analyst stutzte. Bisher hatte die Kanzlerin immer großen Anteil genommen, wenn er erzählte, was Hamid Wahhoud alles las.

Die Kanzlerin setzte nach: »Hat er nichts Besseres zu tun? Warum arbeitet er nicht?«

»Ach so.« Der Social Media Analyst war beruhigt, weil sich die Frage leicht beantworten ließ. »Er hat ja noch keinen Asylbescheid. Und im Flüchtlingsheim würde er sich sonst langweilen. Da gibt es nix zu tun.«

»Stimmt natürlich«, sagte die Kanzlerin. »Aber als Syrer wird er doch bestimmt Asyl bekommen, oder nicht? Warum liest er nicht etwas Berufsvorbereitendes? Ein Lehrbuch? Etwas, das ihn auf das Studium an einer Technischen Hochschule vorbereiten würde?«

Der Social Media Analyst war überrascht. Von einem solchen Studium war nie die Rede gewesen.

»Er möchte aber gar nicht an einer Technischen Hochschule studieren«, sagte er.

»Aha, was möchte er dann machen?«

»Einen Roman schreiben, glaub ich.«

»Einen Roman schreiben?« fragte die Kanzlerin. Sie schlug mit der flachen Hand auf den Tisch und rief: »Es gibt in diesem Land schon genug Leute, die Romane schreiben. Alle Journalisten, die ich kenne, schreiben Romane. Wozu, verdammt noch mal?«

Der Social Media Analyst schwieg.

»Entschuldigen Sie«, sagte die Kanzlerin. Sie hatte bemerkt, dass ihr Ton unnötig scharf geworden war. Sie war ja nicht wegen Hamid Wahhoud so frustriert, sondern weil sie im Internet wieder Bilder einer großen Protestkundgebung gesehen hatte. Und trotzdem war sie der Meinung, dass Deutschland von Herrn Wahhoud mehr erwarten durfte als bloß einen Roman. Man hatte ihn großzügig aufgenommen, man hatte ihm vieles ermöglicht. Sie fragte: »Kann er's nicht wie Kafka machen? Nachts Romane schreiben und tagsüber was Sinnvolles tun? Aber gut. Wir wollen Herrn Wahhoud nicht vorschreiben, was für ein Leben er bei uns führen möchte. Das wäre … wie sagt man heutzutage … ein bisschen paternalistisch, nicht wahr?«, und sie nahm stirnrunzelnd das Tablet zur Hand und sagte: »Was müssen wir denn diesmal bestellen?«

»Äh … Moment«, sagte der Social Media Analyst. »Er

möchte jetzt den *Mann ohne Eigenschaften* lesen. Von Robert Musil.«

»Musil … Musil«, wiederholte die Kanzlerin, während sie den Namen in die Suchmaske eingab. Die Rechte am Werk des österreichischen Schriftstellers waren gerade frei geworden, weshalb etliche Ausgaben im Angebot waren. Die Kanzlerin entschied sich für die preiswerteste. *Meisterwerke kurz und bündig – Musils Mann ohne Eigenschaften*. Eine Zusammenfassung des modernen Klassikers auf 120 Seiten. Das Büchlein, gebraucht gekauft für 2,65 Euro, wurde dem Social Media Analysten ein paar Tage später auf den Schreibtisch gestellt. Relativ lieblos, wie er fand, denn bis dahin hatte er die Amazon-Päckchen stets von der Kanzlerin persönlich entgegengenommen.

Tatsächlich aber war die Kanzlerin während des Gesprächs zur Einsicht gelangt, dass sie den lesenden Flüchtling nicht weiter unterstützen durfte. Eben weil Hamid Wahhoud so außergewöhnlich war, erschien ihr diese Unterstützung unangemessen, weltfremd, ein Luxus, den sie sich nicht leisten konnte. Sie beschloss, die Sache auf sich beruhen zu lassen. Und ließ den Social Media Analysten nicht mehr zu sich rufen.

Einige Wochen später teilte der stellvertretende Büroleiter dem Social Media Analysten mit, dass seine Probezeit nicht verlängert worden sei und dass er sich einen anderen Job suchen müsse. Außerdem erinnerte der stellvertretende Büroleiter den Social Media Analysten daran, dass er über das, was er im Kanzleramt erlebt habe, schweigen müsse. Nichts, aber auch gar nichts dürfe er auch nur irgendjemandem erzählen.

Eines Nachmittags im November sagte die Kanzlerin alle noch anstehenden Termine ab. Sie rief den Wagen, um sich in den Prenzlauer Berg fahren zu lassen. Dort, am östlichen Ende der Torstraße, hatte die Schwester ihre Gemeinschaftspraxis für Ergotherapie. Die Kanzlerin und ihre Schwester, die zehn Jahre jünger war, sahen sich bloß gelegentlich. Alle paar Monate vielleicht. Aber wenn sie sich sahen, führten sie Gespräche, die der Kanzlerin sehr gut und wichtig erschienen – und sei es nur, weil sie selbst viel redete (was sie sonst nicht tat) und die Schwester ihr geduldig zuhörte. Ein solches Gespräch, das brauchte sie jetzt, sie war ziemlich am Ende.

Lange war die Kanzlerin nicht mehr in der Praxis an der Torstraße gewesen. Die Gegend hatte sich seither noch einmal verändert. An der Ecke Prenzlauer Allee war der Klotz, in dem die SED einst ihr Archiv untergebracht hatte, hell angestrichen und zu einem englischen Privatclub umgebaut worden. Zwei Häuser weiter, in dem Gebäude, in dem die Schwester ihre Praxis hatte, lagen im Schaufenster Strapsgürtel und Latexbüstenhalter, darüber stand in rosa Plüschlettern: »Luxury Fetish Lifestyle«.

Die Kanzlerin hatte keinen Termin. Das Wartezimmer, ein großer offener Raum mit orangefarbenem Teppich, war ziemlich voll. Überall auf dem Boden spielten Kinder mit Bauklötzen, krabbelten, schaukelten, blätterten in Bilderbüchern. Ringsum saßen die Mütter auf Stühlchen und beäugten ihre Smartphones. Die Sprechstundenhilfe, ein junges Mädchen mit Stupsnase, erschrak, als sie die Kanzlerin erkannte: »Moment, eine Patientin ist gerade bei ihr, aber … ich schiebe Sie schnell dazwischen«, und als sich die Kanzlerin bückte, um, wie auf dem Aushang an der Tür vorgeschrieben, die Schuhe auszuziehen, rief die stupsnasige Sprechstundenhilfe fast flehentlich: »*Sie* müssen die Schuhe natürlich *nicht* ausziehen.« Zu spät. Auf Socken ging die Kanzlerin ins Wartezimmer und setzte sich auf das letzte verbliebene Stühlchen. Die Mütter schauten auf. Als sie die Kanzlerin sahen, zuckten sie kaum merklich, dann starrten sie wieder auf ihre Smartphones. Es war seltsam: Gewöhnlich, wenn die Kanzlerin irgendwo auftauchte, machten Leute Handybilder, flüsterten einander zu: »Schau mal, die Merkel«, oder benahmen sich sonst wie auffällig. Aber hier, in der neubürgerlichen Mitte Berlins, tat man so, als sei es ganz normal, dass die Bundeskanzlerin in Hosenanzug und Socken auf einem Stühlchen Platz nahm. Und erst als sich ein kleiner Junge, zwei Jahre alt vielleicht, gegen die Knie der Kanzlerin drückte und ihr einen roten Holzklotz in den Schoß legen wollte, fuhr eine Mutter dazwischen: »Komm sofort her, Noah, lass die Frau Merkel in Ruh!«

Die Kanzlerin lächelte bemüht. Sie war erleichtert, dass der Junge davonrobbend floh. Denn sie hatte wenig Erfahrung mit Kindern. Zwar redete sie manchmal mit Erwachsenen wie mit Kindern, aber dann doch lediglich, um Kollegen, die sie für minderbemittelt hielt, so komplizierte Dinge wie den Europäischen Stabilitätsmechanismus zu erklären. Die Kanzlerin lehnte sich zurück. Sie überlegte, ob sie eines der ausliegenden Nachrichtenmagazine nehmen solle. Aber die Furcht, dass sie selbst auf dem Titel sein könnte (womöglich beschrieben als »Die einsame Kanzlerin«), war stärker als das Bedürfnis, sich in einem Raum voller Mütter, die alle so taten, als sei sie nicht anwesend, zu beschäftigen. Nach ein paar Minuten wurde sie aufgerufen: »Frau Dr. Merkel zu Frau Kasner, bitte.«

Die Kanzlerin ging über den langen Flur zum Behandlungsraum. Die Schwester wartete vor der Tür. Sie umarmten sich. »Komm rein«, sagte die Schwester, und die Kanzlerin schaute sich um.

Von der Decke hing, an Seilen befestigt, ein weißes Schwebetuch. Blaue Matten lagen auf dem Fußboden, darauf Gymnastikbälle und Stofftiere. Und riesige bunte Sitzsäcke, über den Raum verteilt wie die Steinskulpturen auf den Osterinseln. Die Kanzlerin suchte nach einem gewöhnlichen Stuhl, vergebens, sie ließ sich auf einem der Säcke nieder. Die Schwester zog eine Art Fahrradsattel heran, befestigt auf einer s-förmig geschwungenen Metallstange mit Sockel. »Also, was gibt's?«

An sich wollte sich die Kanzlerin noch einmal vergegenwärtigen, was ihr im Spätsommer eigentlich durch den Kopf gegangen war. Hatte sie sich eher von moralischen Motiven leiten lassen oder von ganz pragmatischen? Was war rational gewesen, was emotional und was ein bisschen von beidem? Und welche Überlegungen waren richtig gewesen, welche falsch? Doch bemerkte die Kanzlerin schon beim Reden, dass es ihr schwerfiel, die Erzählstruktur zu wahren. Sie sprang von der demographischen Herausforderung zu den Hassbürgern in Heidenau, von der Notlage am Budapester Ostbahnhof zur Wiedervereinigung und zur Frage, wie man historische Veränderungen politisch gestalten könne – und ihr wurde bewusst, dass sich die vielen Überlegungen im Rückblick kaum noch auseinanderdividieren ließen. Abrupt brach sie ab. »Tja«, sagte sie beschämt und zuckte die Achseln.

Die Schwester nahm die Brille von der Nase. »Tja«, wiederholte sie und war ebenfalls unangenehm berührt. Sie hatte die Kanzlerin noch nie so desolat erlebt. Immer tiefer war die Kanzlerin in den Sitzsack hineingesunken, hatte beim Erzählen sogar einen Stofflöwen vom Boden aufgelesen und gedankenverloren die ausgefranste Mähne gestreichelt.

Die Schwester setzte die Brille wieder auf und schob eine graublonde Strähne aus der Stirn. »Was sagt eigentlich Achim dazu?«

Die Kanzlerin dachte an Sauer, mit dem sie zuletzt kaum noch gesprochen hatte. »Ich weiß es nicht.«

Die Schwester zögerte. Dann fasste sie sich ein Herz: »Ich möchte dir nicht zu nahe treten. Aber wenn ich dich so sehe, finde ich schon, dass du etwas tun musst. Ich denke, es würde sich lohnen, wenn du dich ein bisschen mit dir selbst beschäftigst. Du brauchst Zeit für dich. Du hast ja immer nur gearbeitet.«

Die Kanzlerin hustete. Alles in ihr sträubte sich dagegen, dass sie sich mit sich selbst beschäftigen solle. »Ich weiß nicht, worauf du hinauswillst«, sagte sie und war nun doch ein wenig ungehalten. Schwer genug hatte sie sich damit getan, so offen mit der kleinen Schwester zu reden. Sie hatte sich Blößen gegeben, sie hatte sich der Schwester geradezu ausgeliefert – und alles, was dieser dazu einfiel, war Küchenpsychologie. Sie dachte: Wo kommen wir hin, wenn die deutsche Bundeskanzlerin sagt, dass sie mehr Zeit für sich braucht? Und sie dachte: Gott, wie tief bin ich gesunken, wenn meine kleine Schwester meint, ich hätte so was nötig. Und dann dachte sie: So kann es nicht weitergehen!

Mit einem Ruck stand die Kanzlerin auf. Sie strich mit fester Hand die Falten aus dem Blazer. Sie sagte: »Das Letzte, was ich jetzt brauche, ist, dass ich mich mit mir selbst beschäftige. Das tun ja schon alle anderen. Manchmal, wenn ich die Zeitung aufschlage, komme ich mir so vor, als liege ich für das ganze Land auf der Couch. Alle deuteln an mir herum, und es gibt keine Theorie über mich, die ich nicht schon irgendwo gelesen habe. Ich hab das satt. Das bringt mich nicht weiter.«

Sie fing an, ein paar Theorien aufzuzählen, die ihr besonders absurd erschienen – und merkte, wie sie langsam ihre Selbstsicherheit wiederfand. Sie sagte: »Und selbst wenn es da eine Theorie gäbe, die schön klingt und die was hermacht, zum Beispiel, dass ich einen Vaterkomplex habe und dass ich auch als Regierungschefin nichts Besseres zu tun habe, als unserem toten Vater zu beweisen, was für eine gute Pfarrerstochter ich bin …«

»Aber das habe ich nie behauptet, ich …«, sagte die Schwester, doch die Kanzlerin fiel ihr ins Wort: »Ist ja nur ein Beispiel. Oder nehmen wir an, ich hätte ein schlechtes Gewissen, weil ich im Osten nichts riskiert habe. Weil ich keine Heldin war und trotzdem Karriere in der BRD gemacht habe – und dass ich nun etwas riskieren möchte, um Buße zu tun. Auch das wäre als Theorie ja durchaus denkbar.«

Die Kanzlerin lächelte abschätzig und machte auf diese

Weise deutlich, dass sie von der einen Theorie so wenig wie von der anderen hielt.

»Oder nehmen wir mal an, dass ich den Mauerfall nach fünfundzwanzig Jahren immer noch nicht verkraftet habe, weil ich immer nur gearbeitet und nie zurückgeschaut habe. Und dass ich den Mauerfall sozusagen noch einmal inszeniert habe. Um mit meinem …«, sie verzog den Mund, »… persönlichen Trauma fertig zu werden. Ja, selbst wenn das so wäre, frage ich dich: Was würde daraus folgen?« Die Kanzlerin schüttelte den Kopf, schien keine Antwort zu erwarten. »Nein«, sagte sie mit erhobener Stimme. »Ich als Bundeskanzlerin habe immer versucht, diese Dinge von mir fernzuhalten. Soll ich Politik machen, um dem Land zu dienen? Oder soll ich mich um mich selbst kümmern? Soll ich die Probleme der Menschen lösen oder meine eigenen? Am Ende würde ich überhaupt nichts mehr zustande bringen, wenn es mir nur um mich ginge. Ich würde vor lauter Lust an der Selbstverwirklichung die dümmsten Dinge anstellen, die Monarchie wieder einführen und einen Krieg mit Frankreich vom Zaun brechen und den bayerischen Ministerpräsidenten, ja, den würde ich am liebsten …« Sie geriet ins Stocken, sagte noch: »… aber zum Glück«, und kam nicht weiter, denn es klopfte.

Die stupsnasige Sprechstundenhilfe stand in der Tür. »Frau Kasner«, sagte sie. »Der Warteraum ist ganz voll. Die Leute werden ungeduldig. Soll ich ihnen sagen, dass sie nach Hause gehen können?«

»Ich bin gleich weg«, sagte die Kanzlerin. Sie hatte die Situation wieder völlig im Griff. »Nur eine Sache möchte ich meiner Schwester noch erklären.« Und als sie wieder allein waren, sagte sie: »Übrigens war es ja gar nicht so unvernünftig, was ich gemacht habe. Ich verstehe nicht, warum die Leute da immer irgendwas reininterpretieren wollen«, und sie begann, ihre Gedanken zu nummerieren, wobei sie die Finger zu Hilfe nahm – eine Angewohnheit, die ihr schon häufiger geholfen hatte, in unübersichtlicher Gemengelage Orientierung zu finden. Sie sagte: »Also: Ich habe erstens in einer Notsituation gehandelt, das war schon mal gut, und zweitens ist Abschottung auch keine Lösung, und drittens habe ich, indem ich die Grenzen geöffnet habe, Europa vor einer Katastrophe bewahrt, nur leider bin ich von den anderen Ländern im Stich gelassen worden. Außerdem habe ich, viertens, einiges für Deutschlands Ansehen in der Welt getan.«

Und dann sagte sie, beim kleinen Finger angelangt, »Wenn ich, fünftens, überhaupt einen Fehler gemacht habe, dann doch höchstens den, dass ich die Sache so dargestellt habe, als sei sie eine Herzensangelegenheit. Ja, Gefühle sind gefährlich, das ist mir in unserem Gespräch klargeworden. Wenn man als Bundeskanzlerin beginnt, von Gefühlen zu sprechen, dann macht man sich angreifbar, da kann nichts Gutes draus werden. Das – und nichts anderes – war mein Fehler!«

Die Schwester hätte das Gespräch gerne fortgesetzt. Doch die Kanzlerin war schon aus der Tür. Eilig lief sie am Warteraum vorbei, der inzwischen so voll war, dass viele Mütter stehen mussten. Obwohl sich längst rumgesprochen hatte, wer zu Besuch gekommen war, starrten die Mütter die vorbeihuschende Kanzlerin ungläubig an.

Als sie kurz darauf in den Wagen stieg, der vor dem Eingang wartete, wusste sie auch, warum. Sie hielt immer noch den Stofflöwen in der Hand. So gut es ging, stopfte sie das Tier in ihre Handtasche. »Zum Büro, bitte«, sagte sie resolut. »Vielen Dank!«

Die Kanzlerin begann nun wieder, sehr hart zu arbeiten. Wenn sie sich frühmorgens ins Büro fahren ließ, ging sie nicht mehr in die Skylobby, sondern setzte sich an den langen Tisch in ihrem Büro. Sie las umfangreiche Mappen. Sie telefonierte viel. Sehr genau verfolgte sie die Nachrichten, die das Bundespresseamt alle paar Minuten auf ihr Telefon verschickte. Die Nachrichten waren allesamt schlecht. Mit jeder Umfrage gewannen die Rechtspopulisten dazu, die Behörden waren weiterhin überfordert, die Helfer ausgelaugt, immer noch kamen mehr Flüchtlinge, jeden Tag mehr, mehr, mehr, und die Medien schrieben schon seit Wochen, die Stimmung der Deutschen drohe zu kippen. Und dann, an einem Freitagabend in Paris, starben bei einer Serie von Anschlägen 130 Menschen. Einige der Attentäter seien womöglich als Flüchtlinge getarnt nach Europa gekommen, so hieß es, und nicht wenige Leute vermuteten, die Politik der Kanzlerin habe den Anschlag erst möglich gemacht.

Von da an sagte die Kanzlerin in öffentlichen Auftritten, dass sie die Flüchtlingszahlen in Deutschland spürbar reduzieren wolle. Fast jeden Tag telefonierte sie mit dem türkischen Präsidenten und seinem Premierminister. Seit

Wochen schon arbeitete sie an einer großen Lösung, an einem komplizierten Abkommen mit der Türkei. Nur so glaubte sie, die Masseneinwanderung in den Griff zu kriegen. »Wir schaffen das«, sagte sie nur noch dann, wenn sie gefragt wurde, ob es denn wirklich zu schaffen sei (Was hätte sie auch sonst sagen sollen?).

Dann musste sie nach München. Zum Parteitag der Christlich-Sozialen Union. Es war eine Tradition, dass die Vorsitzende der CDU zum Jahresanlass der CSU nach Bayern fuhr – eine Hommage an die bayerische Schwesterpartei und damit auch an den Freistaat als solches. Die Kanzlerin war nie gern bei der CSU zu Gast gewesen, und in diesem Jahr hatte sie besonders wenig Lust, hinzufahren. Nicht zwei oder drei aufgebrachte Lokalpolitiker erwarteten sie auf dem Messegelände in München-Riem, wo gewöhnlich so prosaische Veranstaltungen wie die Interforst, die Ceramitec und die Internationale Briefmarken-Börse stattfanden, sondern über tausend.

Sie hielt eine Ansprache, ein Grußwort, zusammengestückelt aus früheren Reden, eine müde Melange aus rhetorischen Zugeständnissen und dem Beharren auf der eigenen Position. Fluchtursachen beheben, sagte sie. Außengrenzen schützen. Aber keine Abschottung. Die Mitarbeiter hatten sich mit dem Manuskript erkennbar wenig Mühe gegeben und waren von der Kanzlerin auch nicht dazu angehalten worden. Es wäre nicht der richtige Anlass gewesen, Perlen vor die Säue.

Dann redete der bayerische Ministerpräsident. Die Kanzlerin hatte nicht erwartet, dass er an diesem Tag angreifen würde. Sie wusste ja, wie er dachte, und alle, die zuschauten, wussten es auch, er hatte sich immer wieder geäußert. Musste er das alles noch mal sagen? Die Kanzlerin, neben ihm stehend, wollte gar nicht hinhören. Doch der bayerische Ministerpräsident machte immer weiter. Die Kanzlerin verschränkte die Hände vor dem Bauch. Sie verschob das Gewicht von einem Fuß auf den anderen. Der bayerische Ministerpräsident hörte nicht auf. Die Kanzlerin löste die Hände voneinander und schob sie wieder zusammen. Fast schon als demütigend empfand sie, dass er nicht zum Ende kam. Sie fragte sich: War das eine Demütigung? Wahrscheinlich sahen es alle, die da waren, genauso wie sie. Ja, eine Demütigung.

Möglichst gleichgültig wollte die Kanzlerin ausschauen. Teflon-Merkel. So hatten die amerikanischen Diplomaten sie in ihren Depeschen genannt. Sie dachte an Teflon – ein hoch kristalliner Kunststoff, wie sie wusste, unpolar und anti-adhäsiv, kaum brennbar – und stellte sich vor, dass nichts von dem, was der bayerische Ministerpräsident sagte, an ihr haften blieb. Als er endlich fertig war, machte der bayerische Ministerpräsident einen unbeholfenen Witz und wandte sich ihr zu. Plötzlich wirkte er verlegen. Als wolle er sagen: »Tut mir leid, ist mir schwergefallen, aber es musste mal gesagt werden«, und die Kanzlerin schob sich verspannt an ihm vorbei, als antworte sie: »Nein, musste es nicht. Es ist schon tausend Mal gesagt worden. Ich habe genug davon, dass es gesagt wird«, und da merkte sie erst, wie wütend sie war. Den Blumenstrauß drückte sie einem Mitarbeiter auf die Brust. Sie wollte so schnell wie möglich nach Hause.

Kurz vor Mitternacht war sie am Kupfergraben. Sie hatte

gehofft, dass Sauer schon schlafen würde. Aber als sie die Wohnungstür aufschloss, sah sie, dass in seinem Arbeitszimmer Licht brannte. Sie stand in der Tür und zog sich gerade die Stiefel aus, als der Quantenchemiker erschien. Im gleichen Moment erlosch die Beleuchtung im Hausflur. Gegen den hellen Schein des Arbeitszimmers zeichnete sich Sauer lediglich als schwarzer Schatten ab.

»Hallo«, sagte er mit sonorer Stimme.

»Hallo«, sagte die Kanzlerin, dann brach sie in Tränen aus.

Sauer machte ein paar Schritte auf sie zu, nahm sie in die Arme. »Ich weiß, ich weiß«, sagte er, »ich habe dich gesehen. Auf Phoenix.«

Die Kanzlerin schluchzte: »Alles, was ich gemacht habe, lässt sich doch begründen. Warum hassen mich die Leute? Ich verstehe gar nicht, was ich so falsch gemacht haben soll!«

Sauer nahm sie an der Hand und führte sie ins Wohnzimmer. Er machte die kleine Stehlampe an und setzte sich neben sie aufs Sofa.

»Und selbst wenn du etwas falsch gemacht hast«, sagte er, »was ist so schlimm dran?«

»Du meinst also auch, dass ich Fehler gemacht habe?«

»Ja, natürlich. Wer etwas riskiert, macht Fehler. Aber du bist Physikerin. Du weißt, dass man aus Fehlern lernt.«

»Ja, aber manche Fehler haben Folgen.« Wieder musste die Kanzlerin schluchzen.

»Na und?«, sagte Sauer. Er lächelte. »Dann lernst du aus den Folgen. Und du richtest deine Politik neu aus. So hast du's doch immer gemacht, so wirst du's auch diesmal machen. Und es war ja nicht alles falsch, was du gemacht hast.

Komm, das schaffst du schon.« Und er nahm ihr Gesicht in seine Hände und küsste sie auf den Mund. Eine rasche Berührung war das nur, ein Küsschen eher als ein Kuss, und in dieser Form auch völlig angemessen. Denn Sauer und die Kanzlerin waren ja nicht Tristan und Isolde. Sie waren Naturwissenschaftler, und wenn eine Physikerin und ein Quantenchemiker, beide fortgeschrittenen Alters, miteinander reagieren, wird nicht allzu viel Wärme und Energie freigesetzt. Doch die Kanzlerin wusste in diesem Moment auch, dass sie sich wieder auf Sauer verlassen konnte. Dass er für sie da sein würde. Als Ratgeber. Als Mann. Und sie wusste noch etwas: Egal was in nächster Zeit passieren würde, sie hatte festen Boden unter den Füßen.

Allzu lange hatte sie die Dinge schleifenlassen. Sie hatte geglaubt, dass sie eine andere Art von Politik machen könne. Eine Politik, die einem moralischen Imperativ gehorchte. Eine Politik auch, die nicht auf anstrengender Arbeit beruhte, sondern auf der sich selbst verstärkenden Wirkung eines Gefühls. Doch war das ein Irrtum gewesen. Sie hatte genau das Gegenteil dessen bewirkt, was sie hatte erreichen wollen. Feinde hatte sie sich geschaffen und Kräfte geweckt, die sie nicht kontrollieren konnte.

So schnell wie möglich musste sie wieder zu sich selbst finden. Zu einer Politik, die sich an den empirischen Methoden der Naturwissenschaften orientierte. »Die Politik vom Ende her denken«, dachte sie – ein Satz, den sie ihrem Mann verdankte. Sie gab ihm nun ihrerseits einen Kuss. Und beim Küssen ging ihr etwas durch den Kopf, das sie unbedingt loswerden musste. Wahrscheinlich wollte sie sich, indem sie es aussprach, bloß von seiner Richtigkeit überzeugen. Sie löste sich von Sauer und sagte: »Manche Leute meinen ja, ich würde mich freuen, dass so viele Flüchtlinge kommen. Das ist wirklich absoluter Quatsch.«

Viele Geschichten enden mit einem Kuss. Diese nicht, sie geht noch weiter. An einem Januarmorgen saß der Social Media Analyst in einem Café im Scheunenviertel, als er plötzlich das Display seines Telefons leuchten sah. Hamid Wahhoud rief an. Der Social Media Analyst überlegte, ob er rangehen müsse. Er hatte ein schlechtes Gewissen, denn er hatte Hamid Wahhoud nicht die Wahrheit gesagt.

Immer drängender waren die Fragen Hamid Wahhouds zuletzt geworden. Hamid Wahhoud hatte unbedingt erfahren wollen, wer die anonyme Gönnerin sei, die ihn unterstützte. Der Flüchtling hatte zu viel gelesen. Er hatte sich in die anmutigen Frauengestalten verliebt, von denen die deutsche Literatur nur so wimmelte. Hamid Wahhoud träumte von Goethes Lotte, von Eichendorffs Aurelie, von Adalbert Stifters Natalie, und wann immer er dem Social Media Analysten begegnete, fragte er atemlos: »Wie alt ist meine Gönnerin? Ist sie schön? Hat sie einen Freund?«, und irgendwann hatte der Social Media Analyst genug von den Fragen gehabt. Unwirsch sagte er: »Sie ist nicht schön, sie ist alt, und sie ist schon ganz lange verheiratet«, und als er sah, wie enttäuscht der Flüchtling war, fügte er, ohne nachzudenken, hinzu: »Verdammt noch mal, jetzt kuck doch nicht so traurig. Sie ist Frau Merkel. Sie ist die

Bundeskanzlerin.« Da hatten sie dann beide ganz erschrocken dagesessen. Der Flüchtling, weil er nie darauf gekommen wäre, dass es die Kanzlerin war, die ihn so großzügig unterstützte, und der Social Media Analyst, weil er sich verpflichtet hatte, nichts aus seiner Zeit im Kanzleramt weiterzuerzählen.

Und dann war es noch schlimmer gekommen, der Social Media Analyst hatte es einfach nicht über sich gebracht, zuzugeben, dass die Kanzlerin jedes Interesse an Hamid Wahhoud verloren hatte. Auch dass er selbst nicht mehr im Kanzleramt arbeitete, hatte er für sich behalten. Und zu Weihnachten hatte er dem Flüchtling eine sehr schön ausgestattete Ausgabe der Werke von Heimito von Doderer überreicht. Neun Bände für 178,99 Euro, ein großzügiges Geschenk, angeblich im Auftrag der Kanzlerin, tatsächlich aber aus der eigenen Tasche bezahlt.

Der Social Media Analyst wollte Hamid Wahhoud nicht mehr belügen. Also ging er nicht ans Telefon. Er ließ es läuten und bestellte noch einen Latte macchiato. Aber als das Telefon nach kurzer Pause erneut läutete, konnte er nicht anders. Er sagte: »Hallo, Hamid.«

»Du musst mir helfen«, Hamid Wahhoud klang ziemlich verzweifelt. »Ich glaube, die Polizei ist hinter mir her.«

Der Social Media Analyst erschrak. »Wirklich? Warum?«

Und dann erzählte Hamid Wahhoud, wie er über die Feiertage nach Düsseldorf gereist war, um das Geburtshaus von Heinrich Heine zu besuchen und ein paar Freunde zu treffen. Am Silvesterabend waren sie nach Köln gefahren, zum Dom, den Heine so schön beschrieben hatte, und dort hatte Hamid Wahhoud gesehen, wie Gruppen von jungen Männern – »Ausländer hauptsächlich«, wie er sagte – Frauen belästigt und ausgeraubt hatten. Bestürzt sei er gewesen, erklärte Hamid Wahhoud, nein, am Boden zerstört, weil auch Landsleute von ihm dabei gewesen seien, und er habe damit nichts zu tun haben wollen, sei rasch zum Bahnhof gelaufen, doch auf dem Weg hätten ihn Polizisten aufgehalten und seinen Namen und seine Adresse notiert, und als sie dann auch noch nach Papieren gefragt hätten, da habe er furchtbare Angst bekommen und sich dummerweise auf die Kanzlerin berufen: »Sie dürfen mich nicht verhaften, Frau Merkel unterstützt mich.«

»Ach, du warst das«, sagte der Social Media Analyst verblüfft. Er hatte zuletzt sehr viel Zeit gehabt. Anstatt sich auf Jobs zu bewerben, hatte er ganze Wochen im Internet zugebracht und die Berichterstattung über die Kölner Silvesternacht genau verfolgt. Alle wichtigen Medien hatte er gelesen, die Facebook-Postings und die Twitter-Feeds. Und den Polizeireport, in dem vermerkt war, ein Flüchtling habe die Beamten regelrecht verhöhnt: »Ich bin Syrer. Ihr müsst mich freundlich behandeln. Frau Merkel hat mich eingeladen.« Das Zitat war in diesen Tagen überall zu hören, alle Leute redeten darüber, wahrscheinlich hatte es auch die Kanzlerin gesehen.

»Und jetzt ist die Polizei hinter dir her?«, fragte der Social Media Analyst – und er war plötzlich so aufgeregt, dass die anderen Gäste ihre Unterhaltungen unterbrachen und ihn verstört musterten.

»Ja … nein … ich weiß es nicht«, sagte Hamid Wahhoud.

Der Social Media Analyst stand auf. Er zog einen 10-Euro-Schein aus der Hosentasche und warf ihn auf den Tisch. Er konnte nicht fassen, was da geschah. Nicht einen Moment wollte er glauben, dass Hamid Wahhoud auch nur eine deutsche Frau belästigt hatte. »Das ist Diskriminierung!«, sagte er – und die ganze Frustration der vergangenen Wochen, die beschämende Art und Weise, wie er entlassen worden war, verwandelte sich in ein neues Gefühl, das sich ungleich besser anfühlte. Er war wütend. Auf die Medien. Auf die Politik. Auf alles. »Warte kurz«, rief er, »ich kümmer mich darum, ich werd das klären!« Und er schlüpfte in die Daunenjacke, verließ das Café und rannte zu Fuß zum Kanzleramt. Es war ja nicht weit.

Der Polizist an der Pforte erkannte ihn wieder. Es tue ihm wirklich leid, sagte er, doch ohne Badge könne er den Social Media Analysten nicht reinlassen. »Arbeiten Sie denn noch hier?«

»Ja«, sagte der Social Media Analyst, »nein«, und machte kehrt. Er nahm sein Telefon aus der Jackentasche. Die Durchwahl des stellvertretenden Büroleiters hatte er eingespeichert. Er erreichte bloß die Sekretärin. Sie sagte: »Herr Kotsch ist heute leider nicht im Haus. Möchten Sie Frau Baumann sprechen?«

»Okay«, sagte der Social Media Analyst, obwohl ihm die Büroleiterin immer unsympathisch gewesen war.

»Ich muss mit der Kanzlerin reden«, sagte er, als sich die Büroleiterin meldete.

»Warum?«

»Ist geheim.«

»Wir haben hier keine Geheimnisse. Sagen Sie mir, worum es geht. Sonst muss ich auflegen.«

Der Social Media Analyst holte Luft. Im Gehen versuchte er, der Büroleiterin die ziemlich komplizierte Situation darzulegen. Er sagte, die Kanzlerin habe einen syrischen Flüchtling persönlich unterstützt, und jetzt sei dieser Flüchtling in Schwierigkeiten geraten, die Polizei suche ihn.

Die Büroleiterin schwieg.

Der Social Media Analyst übertrieb ein bisschen, er sagte, der Flüchtling würde womöglich abgeschoben, dabei habe er sich überhaupt nichts zuschulden kommen lassen, die ganze Sache sei ein dummes Missverständnis.

Die Büroleiterin ließ den Social Media Analysten ausreden. Dann sagte sie: »Mir ist von der Sache nichts bekannt. Folglich kann ich Ihnen auch nicht helfen.«

»Aber Sie waren doch in dem Meeting dabei«, rief der Social Media Analyst verzweifelt. »Das Meeting, wo Frau Merkel allen erklärt hat, dass sie einen Flüchtling unterstützen möchte. Und dass ich ihr helfen soll, jemanden zu suchen …«

Die Büroleiterin fiel ihm ins Wort. »So ein Meeting hat es nie gegeben«, sagte sie eisig, »das haben Sie sich ausgedacht. Und ich weiß nicht, welchen Zweck Sie damit verfolgen. Aber ich gebe Ihnen einen Ratschlag. Hören Sie auf mit solchen Geschichten. Sie machen sich strafbar.« Und legte auf.

Wie in einem schlechten Film, dachte der Social Media Analyst fassungslos. Er war inzwischen auf der Wiese angelangt, die durch einen drei Meter hohen Metallzaun vom Kanzleramt getrennt war. Er legte den Kopf in den Nacken, suchte das Fenster des Kanzlerinnenbüros, und als er es gefunden hatte, meinte er mit einem Mal, hinter dem blau getönten Glas eine Silhouette zu erkennen. Die Kanzlerin. Da vergaß der Social Media Analyst seine Wut und begann, auf und ab zu springen und zu winken, weil er hoffte, dass sie ihn sehen würde, und während er sprang und winkte, wühlte er mit einer Hand zunächst in seiner rechten, dann in seiner linken Jackentasche. Er suchte sein Smartphone, denn er wollte es der Kanzlerin zeigen: Rufen Sie mich an!

Da, endlich, er hatte das Smartphone gefunden und senkte kurz den Blick. Als er im nächsten Moment wieder hochschaute, konnte er die Silhouette nicht mehr sehen. Sie war verschwunden. Er steckte das Smartphone wieder in die Jackentasche. Er kniff die Augen zusammen. War sie überhaupt da gewesen? Vielleicht hatte er sich geirrt, vielleicht hatte er sich die Silhouette bloß eingebildet. Ja, vielleicht hatte die Büroleiterin recht, und es hatte auch das Meeting nie gegeben. vielleicht existierte die Kanzlerin, so wie er sie ein paar Wochen lang erlebt hatte, nur in seinem Kopf. »Hallo«, rief der Social Media Analyst, so laut er konnte, »hallohallo.« Niemand antwortete. Öde und verwaist sah das Kanzleramt aus. Wie eine gottverdammte Investmentruine, dachte der Social Media Analyst. Wie ein Geisterbau, den kein Mensch je bezogen hat. Mit schleppenden Schritten ging er davon.

Das Stück Musik, das gemeinhin als Isoldes Liebestod bezeichnet wird, steht am Ende von Richard Wagners *Tristan und Isolde*. Isolde beugt sich über die Leiche Tristans, haucht ihr eigenes Leben aus und findet im Tod zu ihm. Der Liebestod ist von einer derartigen Schönheit, dass es fast schon pedantisch wäre, an dieser Stelle über die Instrumentation, über die Leitmotivtechnik oder über Wagners Umgang mit der klassischen Harmonielehre zu sprechen. Man muss nicht unbedingt wissen, dass das düstere As-Dur schließlich in ein leuchtendes H-Dur übergeht, weshalb der Tod der Liebenden nicht als Schicksalsschlag, sondern als Triumph erscheint. Oder dass ganz am Ende, wenn das Orchester den strahlend schönen Schlussakkord intoniert, einzig das melancholische Englischhorn stumm bleiben muss. Nein, um diese Musik zu würdigen, muss man bloß hören und fühlen.

Die Kanzlerin allerdings, die auch in diesem Sommer wieder Bayreuth besuchte, hörte nicht viel. Sie hatte sich für den Abend vorgenommen, ein letztes Mal über jenes Septemberwochenende nachzudenken, an dem Deutschland seine Grenzen geöffnet hatte. Ein knappes Jahr war seither vergangen. Immer noch beschäftigten sich die Leute mit der Frage, was der Kanzlerin durch den Kopf gegangen war – und kaum jemand kannte die verschiedenen Lesarten besser als die Kanzlerin selbst. Doch konnte sie den meisten Interpretationen nichts abgewinnen. Denn sie suggerierten, die Kanzlerin habe sich von Emotionen oder Eigeninteressen leiten lassen und dabei keinen klaren Kopf gehabt. Nein, so dachte sie, sie hatte es anders empfunden. So war es ganz sicher nicht gewesen.

Die Kanzlerin trug ein fliederfarbenes Ensemble, zweiteilig, das sie schon einmal in Bayreuth getragen hatte. Bei den *Meistersingern*, neun Jahre zuvor. Sie saß, wie jeden Sommer, in der Mittelloge. Da, wo vor langer Zeit auch der bayerische König gesessen hatte. Die Temperaturen waren gemäßigt, sehr angenehm, gerade richtig zum Nachdenken. Und die Kanzlerin wusste, dass ihr nun, da Tristan, in einem Scheinwerferkegel liegend, »Isolde« rief und starb, noch etwa zwanzig Minuten blieben. Der Dirigent hatte ein vergleichsweise langsames Tempo gewählt; in besonders dramatischen Momenten legte er um der Wirkung willen kurze Pausen ein, Momente bedeutungsschwangerer Stille. (Die Kanzlerin kannte den Trick aus der Politik.)

Und sie dachte: Nein, verdammt noch mal, die Entscheidung, die Grenzen zu öffnen, war nicht falsch gewesen. Sie hatte unter Druck klug und vernünftig gehandelt, schließlich hatte sie etwas unternehmen müssen, und wenn sie sich im Nachhinein einen Vorwurf machen wollte, dann höchstens den, dass sie allzu lange an dem Satz »Wir schaffen das« festgehalten hatte. Und allzu oft hatte sie ihn wiederholt, in der Hoffnung, dass er sich den Menschen wie ein Wagnersches Leitmotiv einprägen würde. »Ich sage es wieder und wieder: Wir schaffen das«, hatte die Kanzlerin gesagt, und irgendwann hatte auch sie gemerkt, dass der Satz ein jedes Mal ein wenig mehr von seinem Anfangszauber verlor, bis sich die Leute sogar lustig machten. Ärgerlich dachte sie: »Da wird man jahrelang kritisiert, weil man sich nicht klar genug ausdrückt, und dann sagt man mal so einen schönen einfachen Satz. Und dann ist es auch wieder nicht recht.«

Überhaupt war die Kanzlerin enttäuscht von den Deutschen. Sie hatte die Grenzen geöffnet, weil sie ihrem Instinkt vertraut hatte. Weil sie geglaubt hatte, in einer schwierigen Situation das moralisch Richtige zu tun und dem Land einen emotionalen Impuls zu geben. Ja, angesichts der künftigen Herausforderungen hatte sie den Spätsommer 2015 sogar als eine Art Chance gesehen. Sie hatte gehofft, dass man den beschwerlichen Weg, den das Land vor sich hatte, als Kanzlerin und Volk gemeinsam beschreiten würde. Und wenn sie gesagt hatte: »Wir schaffen das«, dann doch nur, weil sie gemeint hatte, die Deutschen seien in den langen Jahren ihrer Amtszeit zu einem Volk geworden, dem man so einen beschwerlichen Weg auch zumuten könne.

»Ach wie milde, ach wie leise«, sang Isolde nun und leitete damit den Liebestod ein – und die Kanzlerin dachte: Was hat man vorher nicht alles über mich gesagt? Dass ich kalt und opportunistisch bin. Unnahbar und machtsüchtig. Eine Technokratin, die hinter verschlossenen Türen sitzt. Die hadert und einsam ihre Entscheidungen trifft. Unwillkürlich begann die Kanzlerin, eine Rede zu halten, eine Ansprache an die Deutschen, die sie so nie halten würde. »Und dann? Dann habe ich mich etwas getraut, weil ich glaubte, dass die Situation eine andere Herangehensweise erforderte. Ich habe an euer Mitgefühl appelliert, ich habe euch um Hilfe gebeten, um ein bisschen Freude und Kreativität – und da, ausgerechnet da, habt ihr mich im Stich gelassen. Ihr habt euch abgewandt. Nicht alle natürlich. Aber viele. Zu viele!«

Die Kanzlerin streckte den Rücken durch, der Stuhl

ächzte ob der Gewichtsverlagerung, und Sauer warf ihr einen missbilligenden Blick zu, den die Kanzlerin aber nicht bemerkte, weil sie mit ihrer Rede fortfuhr. Die Lippen formten lautlos Worte, im Schoß fanden die Fingerspitzen zur Raute zusammen: »Ach, es wäre wirklich besser gewesen, wenn wir die künftigen Herausforderungen gemeinsam angegangen wären. Denn es sieht nun wahrlich nicht gut aus. Wer hätte vor einem Jahr gedacht, dass sich die Briten von Europa lösen? Dass sich ein Scharlatan, ja, ein gefährlicher Rüpel anschickt, Präsident der Amerikaner zu werden? Dass die Islamisten unsere Gastfreundschaft ausnutzen, indem sie ihre Kämpfer als Flüchtlinge nach Europa schicken, um hier, wo die Freiheit zu Hause ist, Angst und Schrecken zu verbreiten?«

Die Kanzlerin seufzte leise, und auch wenn sie nicht zuhörte, so trug die Musik – fluktuierend zwischen Tonarten, unruhig, abgründig, völlig entrückt – doch dazu bei, dass sie beim Gedanken an das, was Deutschland bevorstand, schier verzweifelte. »Ach«, seufzte sie erneut, »ach«, und es traf sich gut, dass Isolde in Tristans Arme sank und der quälend sehnsüchtige Tristan-Akkord noch einmal anklang, um schließlich dem wonnigen H-Dur zu weichen, sodass die Kanzlerin, in der Königsloge sitzend, die Kraft fand, die letzte Frage anzugehen, die sie an diesem Opernabend behandeln wollte.

Sollte sie noch einmal kandidieren? Auch wenn sie sich von den Deutschen alleingelassen fühlte, auch wenn sie sich oft danach sehnte, nicht mehr Kanzlerin zu sein, so hielt sie es doch für falsch, aufzugeben. Sie musste vorangehen, sie musste weiterarbeiten, sie musste in diesen schweren Zeiten führen.

Der Vorhang fiel. Die Oper war vorbei. Die Kanzlerin nutzte den kurzen Moment andächtiger Stille, in dem der Schlussakkord verhallte, um die Entscheidung endgültig zu machen. Ja, dachte sie, und das Publikum brach in ohrenbetäubenden Jubel aus. Die Darsteller traten einzeln nach vorne. Sie wurden mit »Bravo«-Rufen empfangen, und die Kanzlerin, von der eigenen Entscheidung bewegt, applaudierte, bis die Handflächen schmerzten. Sauer brüllte ihr ins Ohr, dass ihm der Liebestod wieder sehr gut gefallen habe. »Ja«, antwortete ihm die Kanzlerin und nickte heftig. Und sie dachte: Ja, ich will, weil ich muss. Ja, ich will. Ich will. Ich will.

Konstantin Richter, geboren 1971, hat bei Kein & Aber zwei Romane veröffentlicht: *Bettermann* und *Kafka war jung und er brauchte das Geld*. Er hat für deutsch- und englischsprachige Medien über Merkel und die Flüchtlingskrise geschrieben und ist Contributing Writer für das US-Nachrichtenportal *Politico.* Im Jahr 2011 gewann er den Deutschen Reporterpreis für eine Reportage in der *Zeit*.